Und siehe, der Stern, den sie im Morgenland gesehen hatten, ging vor ihnen her, bis er kam und über dem Ort stehen blieb, wo das Kind war.

Matthäus 2,9

Der helle Stern

Ein helles Licht leuchtet am Himmel.
Warum der bedeutende Stern?
„Es ist die Geburt eines Königs",
begreifen die Magier von fern.

Sie machen sich schnell auf die Reise,
das Heilige Land ist ihr Ziel.
Dort treffen sie König Herodes,
den großes Entsetzen befiel.

Der Stern führt sie hin bis zum Kindlein,
von dem die Propheten erzählt.
In Bethlehem ist ER geboren,
der Christus, der Heiland der Welt.

IHM bringen sie froh ihre Schätze,
sie beten in Ehrfurcht IHN an,
den Herrn, der zur Erde gekommen
nach ewigem, göttlichen Plan.

Ein Wunder, das größer nicht sein kann,
denn Gott wurde Mensch – welche Huld! –,
uns Frieden und Hoffnung zu bringen,
Erlösung von Sünde und Schuld.

Ein helles Licht leuchtet vom Himmel,
dringt tief in die Herzen hinein:
In Jesus kommt Gott uns so nahe,
dass Er nun dein Retter will sein!

Bettina Kettschau | Gunther Werner

DER
helle
STERN

Die Bibelstellen sind nach der im gleichen Verlag erschienenen „Elberfelder Übersetzung" (Edition CSV Hückeswagen) zitiert.

1. Auflage 2019

© by Christliche Schriftenverbreitung, Hückeswagen

Umschlaggestaltung: corneliusdesign, Hückeswagen

Satz: corneliusdesign, Hückeswagen

Bilder: pixabay.com/unsplash.com/pexels.com

Druck: CPI books GmbH, Leck

ISBN: 978-3-89287-630-4

www.csv-verlag.de

Inhalt

Der helle Stern – Wegweiser am Himmel

Ich sehe ihn, aber nicht jetzt,
ich schaue ihn, aber nicht nahe; ein Stern
tritt hervor aus Jakob, und ein Zepter
erhebt sich aus Israel.

4. Mose 24,17

Wo ist der König der Juden, der geboren worden ist? Denn wir haben seinen Stern im Morgenland gesehen und sind gekommen um ihm zu huldigen.

Matthäus 2,2

Seit Jahrhunderten rätseln die Menschen, worum es sich bei dem Stern von Bethlehem gehandelt haben könnte. Die älteste Theorie geht auf den deutschen Astronomen (Sternforscher) Johannes Kepler zurück, die er im Jahr 1604 aufstellte. Kepler berechnete, dass im Jahr 7 vor Christus[1] eine sehr seltene Konstellation am Himmel zu beobachten war. Mars, Jupiter und Saturn standen am Sternenhimmel so dicht beieinander, dass man sie als einen sehr hell leuchtenden Stern wahrnehmen konnte. Diese Theorie gilt jedoch inzwischen als widerlegt.

Einige Astronomen nehmen an, bei dem Stern von Bethlehem könnte es sich um einen Kometen[2], einen Schweifstern, wie Hale-Bopp gehandelt haben. Chinesische Chroniken erwähnen einen solchen Kometen im Jahr 4 vor Christus. Als weitere

---

[1] Historiker geben heute für die Geburt von Jesus einen vermuteten Zeitraum zwischen 7 und 4 vor Christus an.

[2] Zum Sonnensystem gehörende Himmelskörper mit einigen Kilometern Durchmesser. In Sonnennähe entwickeln Kometen durch den erhöhten Strahlungsdruck eine neblige Gashülle und einen Schweif.

Erklärung wurde eine sogenannte Super-Nova[3] in Erwägung gezogen, wie sie ebenfalls für das Frühjahr 5 vor Christus in chinesischen Chroniken erwähnt wird. Am wahrscheinlichsten ist allerdings, dass der Schöpfer-Gott zur Geburtsankündigung einen „Sonderstern" erscheinen und dann wieder verschwinden ließ. Denn im Bibeltext ist von einem Stern die Rede, der zuerst vom Morgenland aus gesehen wurde und einige Zeit später erneut an einem bestimmten Ort über Israel.

Viel wichtiger als die astronomische Frage nach der Beschaffenheit des Sterns von Bethlehem ist die Tatsache, **dass** Gott diesen Stern benutzte, um die Sterndeuter aus dem Osten zu Jesus zu bringen. Gott sprach mit ihnen in der Sprache, die sie verstanden: Durch einen Stern. Die Sterndeuter sahen, verstanden, und gehorchten. Und sie fanden Jesus Christus, besuchten ihn, um ihn anzubeten und kehrten glücklich in ihre Heimat zurück.

Auch heute redet Gott mit uns in einer Sprache, die wir verstehen. Er hat uns die Bibel gegeben. Die Bibel, Gottes Wort, berichtet ausführlich über die Geburt, das Leben und Sterben des Sohnes Gottes. Gott weist uns darin den Weg – den Weg zu seinem Sohn Jesus Christus, dem Retter der Welt.

---

[3] kurzfristiger Helligkeitsausbruch eines Sterns am Ende seiner Existenz. Die äußeren Schichten des Sterns werden dabei abgestoßen, während der Kern zu einem Neutronenstern oder zu einem schwarzen Loch wird.

Licht im Dunkel

Früher Abend des 23. Dezembers. In einigen Vorgärten stehen geschmückte Tannen. Hier und dort leuchten Lichterbögen im Fenster. Sabine Volkerts schließt die Satteltasche ihres Fahrrads, nachdem sie die Post für Nummer 19 abgeliefert hat. Feiner Sprühregen stiebt durch die Luft. Er durchfeuchtet alles. Sanft aber unerbittlich. Sabine steigt aufs Rad. Nun geht es nach Hause. Nach Hause? Da wartet keiner. Sabine spürt einen Kloß im Hals. Bloß nicht heulen, kein Selbstmitleid! Die Briefträgerin bremst vor dem letzten Haus ihrer Runde und greift in die fast leere Satteltasche. Am Briefkasten klebt ein Zettel. „Liebe Briefträgerin, bitte klingeln."

Hat Frau Wagner noch ein paar Briefe aufzugeben? Sabine läutet. Frau Wagner öffnet. „Lieb, dass Sie kommen!"

Sabine reicht ihr die Post. „Meine Enkelin ist da. Wir haben Plätzchen gebacken und Eva schlug vor, Ihnen welche zu schenken, weil Sie immer so freundlich sind." Frau Wagner hält Sabine einen kleinen Beutel entgegen. „Das ist aber lieb", murmelt Sabine. Nun erscheint die achtjährige Eva hinter ihrer Oma. „Oma hat Kakao gekocht! Möchten Sie auch welchen?"

Frau Wagner nimmt Sabine den nassen Anorak ab.

„Nehmen Sie doch bitte Platz!" Frau Wagner spricht ein Tischgebet: „Lieber Herr Jesus Christus! Danke, dass du uns nicht allein gelassen hast, sondern in die Welt gekommen bist, um uns zu retten. Wir danken dir, auch für deine guten Gaben! Amen."

Eva legt ein großes Stück Kuchen auf Sabines Teller. Danach versorgt sie auch ihre Oma und sich selbst. Frau Wagner hat die Kerzen auf dem Tisch angezündet. Wie warm und gemütlich! Sabine spürt, wie Kälte und Hektik ihres Arbeitstags von ihr abfallen. „Ist es für Sie in Ordnung, wenn ich Eva noch eben eine Geschichte vorlese?"

„Nein, überhaupt nicht!", erwidert die Briefträgerin. Frau Wagner liest ihrer Enkelin die Weihnachtsgeschichte aus der Kinderbibel vor. Aufmerksam lauscht Sabine der Nacherzählung des biblischen Berichts von den Hirten auf den Feldern Bethlehems und von dem Kind in der Krippe. Frau Wagner schenkt ihr heißen Kakao nach.

„Greifen Sie doch bitte noch zu!" Sabine tut das.

„Sagen Sie", beginnt Frau Wagner vorsichtig. „Mir ist aufgefallen, dass Sie in letzter Zeit oft sehr traurig aussehen. Haben Sie Sorgen?"

Da ist es um Sabines Fassung geschehen. Sie beginnt bitterlich zu weinen. Unter Schluchzen erzählt sie von dem schrecklichen Unfall im Oktober.

„Ich vermisse meinen Mann so sehr!" Frau Wagner lässt Sabine weinen. Sie legt nur ihre kleine warme Hand auf Sabines. Als Sabine aufschaut, bemerkt sie, dass die kleine Eva auch weint. Das rührt sie zutiefst. „Ich bin unmöglich!" Entschlossen trocknet sie ihre Tränen. „Ich verderbe Ihnen den Abend und die Stimmung."

„Aber nein", sagt Frau Wagner gütig. „Jesus Christus ist an unserem – verzeihen Sie!, – Weihnachtskitsch wenig gelegen. Er, der Sohn Gottes, wurde unseretwegen arm. Eine Futterkrippe als Kinderbett und ‚Nachtschichtarbeiter' als erste Besucher. Er hat unsere Not geteilt. Darum ist er uns so nah. – Möchten Sie nicht morgen Nachmittag zu unserer Feierstunde in der Hagmannstraße kommen?" Frau Wagner schreibt die Adresse auf. „Dort können Sie mehr über Jesus Christus erfahren."

Sabine nickt entschlossen. „Vielen Dank. Ich komme gerne."

Hirten
auf dem Feld

—— · ——

*Und es waren Hirten in
derselben Gegend, die auf
freiem Feld blieben und in der
Nacht Wache hielten über
ihre Herde.*

Lukas 2,8

Nacht über den Feldern von Bethlehem. Einige Hirten hockten am niedrigen Feuer und bewachten ihre Herden. Hart und gefährlich war ihr Beruf. Traten sie doch wilden Tieren oft nur mit ihrem Stecken, einer rund ein Meter langen Keule, entgegen. Weil sie den ganzen Sommer bei ihren Herden blieben, nahmen sie kaum am religiösen Leben teil und die frommen Juden sahen auf sie herab.

Über den Hirten breitet sich der Sternenhimmel aus. Worüber sie wohl sprachen? Vielleicht über ihre Herden oder Familien? Oder über den Retter, den Gott schon so lange versprochen hatte, der aber noch immer nicht gekommen war? Oh ja, Gott würde ihn senden, den Messias Israels, daran glaubten sie fest!

Mitten in der Stille der Nacht erschien ein Engel. Licht vom Himmel erstrahlte auf dem dunklen Feld. Die Hirten erschraken. Sie hatten Angst. „Fürchtet euch nicht", sagte der Engel zu ihnen. „Siehe, ich verkündige euch große Freude. Denn euch ist heute ein Erretter geboren, welcher ist Christus, der Herr!"

Wie um das Wort des Engels zu bekräftigen, umgab ihn auf einmal das „Heer des Himmels", ein Heer von Engeln, die Gott lobten. Die Hirten sahen einander strahlend an. Der Erretter war in Bethlehem geboren! Sie liefen und fanden das Kind in der Futterkrippe, so wie der Engel es ihnen gesagt hatte!

Fürchte dich nicht!

Lukas 1,30 und 2,10 und Matthäus 1,20 und 10,28

„Fürchte dich nicht, Gott hat dir Gnade geschenkt",
so hört es Maria von oben gelenkt.
„Fürchte dich nicht, das Kind ist vom Heil´gen Geist",
und Joseph glaubt das, weil Gott es verheißt.

Gott wird ein Mensch in Jesu Person.
Gott kommt zu uns, wer begreift das schon?
Gott gibt für uns seinen eignen Sohn.
Gott ist mit uns, sein Wort spricht davon.

„Fürchtet euch nicht, die Freude ist für euch da",
die Hirten spürn es: Hier ist Gott uns nah.
„Fürchte dich nicht!", ruft Jesus Christus dir zu,
„bei mir gibt es Frieden und ewige Ruh."

Gott wird ein Mensch in Jesu Person.
Gott kommt zu uns, wer begreift das schon?
Gott gibt für uns seinen eigenen Sohn.
Gott ist mit uns, sein Wort spricht davon.

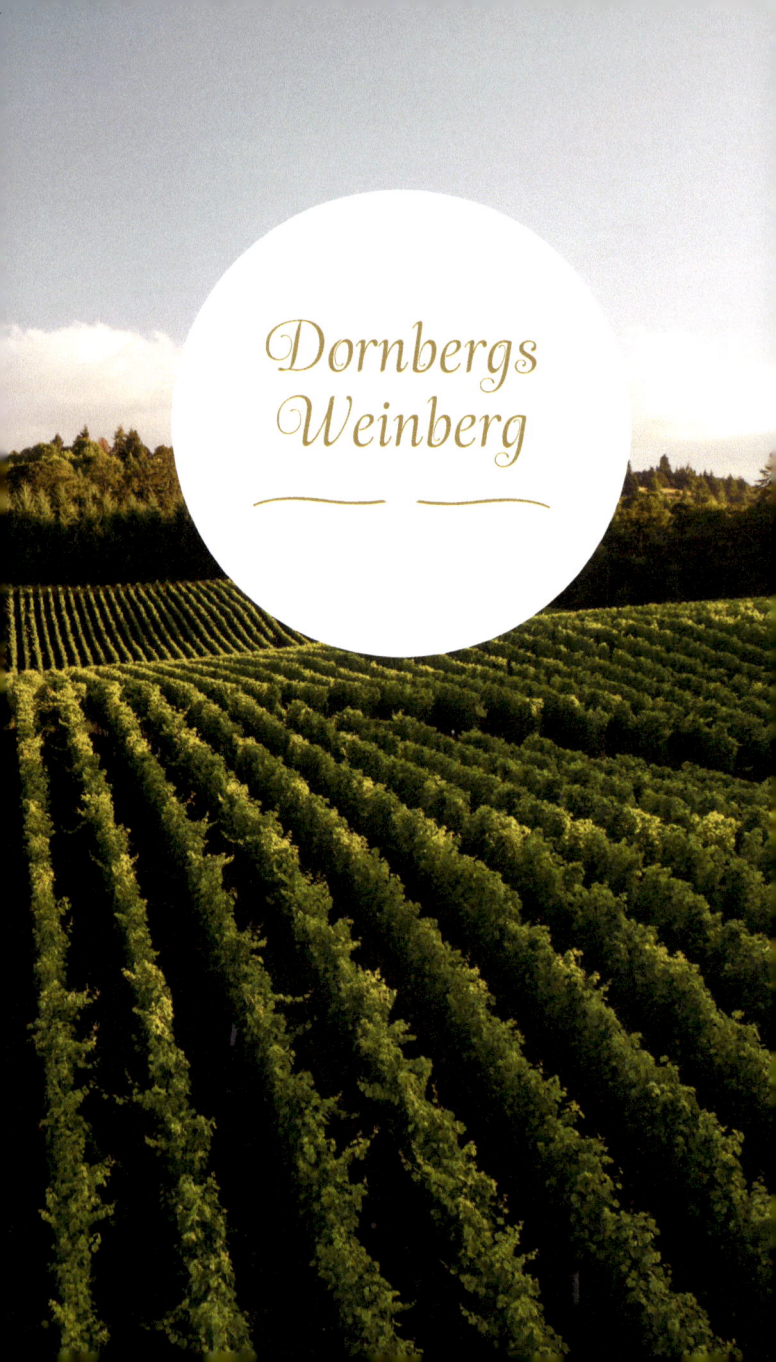

Dornbergs
Weinberg

Es schneit leise, aber unaufhörlich an diesem Dezemberabend. Der Himmel über dem Gutshaus erscheint hell, beinahe milchig, so dass man die schneebedeckten Hänge des Weinbergs erkennt, von denen die niedrigen Weinstöcke wie graue Arme emporragen. Der ungewöhnlich strenge Dezember ist nicht gut für die empfindlichen Gewächse. Tief unten im Tal ist die Mosel inzwischen fast einen Meter dick vereist.

Dornberg sitzt in seinem Lehnstuhl, starrt aus dem Fenster und grübelt. Eine steile Falte hat sich zwischen seinen Brauen gebildet. Es sind immer die gleichen Bilder und Schatten der Vergangenheit, die ihn quälen. Unruhig springt er schließlich auf.

Das Licht brennt noch in der Halle, obwohl Dornberg ganz allein im Haus ist. Seine Haushälterin hat frei an diesem Abend. Dornbergs Blick fällt auf den Tageskalender. Der 23. Dezember – ein Tag vor Heiligabend. Dornberg presst die Lippen zusammen. Hastig greift er nach Hut und Mantel und eilt hinaus.

Das schlichte, moderne Fabrikgebäude liegt versteckt hinter dem schönen alten Gutshaus und bietet einen seltsam nüchternen Kontrast in der lieblichen Landschaft. Dornberg öffnet die Tür mit seiner Schlüsselkarte. Im Eingang brennt nur die Notbeleuchtung und das Empfangsbüro ist natürlich nicht besetzt. Er geht durch die Präsentationsräume, den Sitzungssaal hinüber in die Produktionshalle. Nachdenklich bleibt er neben der riesigen Traubenpresse stehen. Die moderne Maschine war eine sehr gute Investition. Dornberg kontrolliert die Behälter für den Traubensaft. Die Spätlese ist gut ausgefallen in diesem Jahr und die letzte Kelterung erst vergangene Woche erfolgt.

Dornberg öffnet mit seiner Schlüsselkarte eine schwere Eisentür und steigt eine steile Steintreppe hinab in den Keller, den ältesten Teil des Weinguts. Hier hat sein Stiefvater einst begonnen ...

Dornbergs Gedanken schweifen erneut in die Vergangenheit, während er an der langen Reihe der Eichenholzfässer vorbeischreitet. Endlich hat er den alten Verkostungsraum erreicht, der schon tief in den kühlen Felsen liegt. Die anderen Winzer in der Gegend beneiden Dornberg um die ausgezeichneten Lagerräume. Dornberg lässt sich im

Halbdunkel in einen der Stühle fallen und stützt die Arme schwer auf den Tisch.

Ein leises Geräusch sich nähernder Schritte und die Worte eines Mannes, die von einer hellen Kinderstimme beantwortet werden, lassen ihn plötzlich aufschauen.

„Sie hier, Hartmann?", fragt er überrascht. „Heute, und um diese Zeit?"

Der alte Winzerei-Arbeiter nickt. „Ich wollte die Weinfässer kontrollieren. Eigentlich hat Wegner Kontrollschicht, doch seine Familie wartet Weihnachten daheim auf ihn. Und für mich ist es ja nicht weit hierher."

„Ihr Enkelsohn?", fragt Dornberg und deutet auf den schüchternen Jungen, der sich halb hinter Hartmann versteckt hat.

„Ja. Maxim ist bei uns zu Besuch, weil seine Mama leider ins Krankenhaus musste. Er wollte so gern mal den Keller sehen, darum habe ich ihn auf meinen Rundgang mitgenommen."

„Natürlich", sagt Dornberg. „Setzen Sie sich ein wenig zu mir. Möchtest du ein Glas frischen Traubensaft, Maxim?"

„Au ja! Der schmeckt bestimmt lecker."

Dornberg steht auf und holt drei Gläser und eine Flasche aus einem der Regale. Er schenkt ein. „Sehr zum Wohl!", meint er lächelnd.

Hartmann betrachtet seinen Chef verwundert. Dornberg ist selten leutselig und noch seltener spendabel.

Maxim nimmt einen Schluck aus seinem Glas. „Oh, schmeckt der gut", sagt er beinahe ehrfürchtig, „ganz süß und nach vielen, vielen Früchten."

Dornberg nickt ihm zu. „Für diesen Traubensaft werden späte Trauben verwendet, welche die ganze Wärme des Sommers und sogar den allerersten zarten Frost abbekommen haben."

„Guten Traubensaft und guten Wein herzustellen, ist bestimmt sehr schwierig?", fragt Maxim neugierig.

„Ja, es kommt auf den richtigen Erntezeitpunkt an, auf die Lagerung, die Behandlung, die Reife und vieles mehr."

„Opa hat erzählt, dass schon in der Bibel von Weinbergen und Weingärtnern die Rede ist", berichtet Maxim eifrig.

„Ist das so?", fragt Dornberg leise und scheint sich an etwas zu erinnern. Sein Blick geht wie in weite Ferne.

„Ja, vorgestern hat Opa mir ein Gleichnis vorgelesen. Jesus hat es seinen Zuhörern erzählt."

„Das möchte ich auch gerne hören", sagt Dornberg zu Hartmanns Überraschung. „Kannst du es mir erzählen?"

Maxim überlegt einen Moment, dann nickt er. „Opa hilft mir, wenn ich was vergesse. – Also, in dem Gleichnis geht es um einen Mann, der einen Weinberg pflanzt und einzäunt, eine Kelter baut und das Ganze an Weingärtner verpachtet. Er selbst reist ins Ausland. Zur vereinbarten Zeit sendet er einen Knecht zu den Weingärtnern, um seinen vereinbarten Anteil an der Ernte abzuholen. Aber die Weingärtner haben ihm nichts gegeben! Im Gegenteil", die Stimme des Jungen zittert vor Empörung, „sie haben ihn verprügelt und so wieder weggeschickt. Der Besitzer des Weinbergs schickt einen zweiten Boten. Den schlagen sie auf den Kopf und verhöhnen ihn. Der dritte wird sogar umgebracht. Der Weinbergsbesitzer schickt noch viele Boten, sie werden entweder verprügelt oder getötet, und keiner von ihnen erhält die Früchte, die dem Besitzer zustehen. Schließlich schickt er seinen einzigen Sohn, den er lieb hat!"

„Was soll das, Hartmann", unterbricht ihn Dornberg rau. Alle Schuldgefühle und Vorwürfe, die er mühsam verdrängt, brechen sich mit Macht Bahn. „Was haben Sie dem Jungen denn da erzählt? Ich bin empört, dass Sie den Klatsch des Dorfes nachplappern. Mein Stiefbruder war völlig unfähig und mein Stiefvater – Sie wissen das doch alles und ..."

„Aber das steht doch so in der Bibel", begehrt Maxim leise auf, weil er es nicht ertragen kann, dass sein geliebter Opa angeschrieen wird. „Der Besitzer denkt, dass die Weingärtner vor seinem Sohn mehr Achtung hätten als vor seinen anderen Boten, aber sie bringen ihn um, weil sie den Weinberg selbst haben wollen." All das sprudelt nur so aus Maxim heraus.

Dornberg hört schweigend zu.

„Maxim hat recht", sagt Hartmann ruhig. „So steht es in der Bibel."

„Und was wird aus den Pächtern?", fragt Dornberg.

„Der Weinbergsbesitzer kommt, nimmt ihnen den Weinberg weg, tötet sie und gibt den Weinberg anderen."

Dornbergs Gesicht hat sich erneut verfinstert. „Was bedeutet das Gleichnis?"

„Es handelt von Gott selbst. Von Gott und seinem Sohn. Die Menschen feiern in den nächsten Tagen Weihnachten. Aber viele von ihnen haben gar nicht verstanden, worum es bei der Geburt Jesu geht und was sie bedeutet. Gott ist jener Weinbergsbesitzer, der keine Truppen und kein Strafkommando zu den rebellischen Weingärtnern schickt, sondern friedliche Boten und am Ende seinen einzigen geliebten Sohn. Er sendet ihn unbewaffnet und wehrlos und bietet seinen Feinden Frieden. Seine Feinde – das sind wir alle von Natur aus! Von Anfang an trachtet man dem Sohn Gottes nach dem Leben. Wir denken an König Herodes, der das Kind töten wollte, wir denken an Jesu Feinde, deren Hass sich bis zur Morddrohung steigerte und in dem Satz gipfelte: ‚Wir wollen nicht, dass dieser über uns herrscht.‘ Gott hat vorhergesehen, wie man mit seinem Sohn umgehen würde. Und er hat ihn dennoch zu uns gesandt, weil er uns retten will, Sie, Herr Dornberg, dich, Maxim, und mich. Für uns alle kam Jesus, um uns aus der Nacht der Schuld und der Einsamkeit zu befreien. Das ist die Botschaft von Weihnachten – doch wer will sie hören? Geht sie nicht unter im Lärm und im Getriebe unserer Zeit? Gleichen die Menschen nicht oft den Weingärtnern, die ihr eigenes Ding machen und den Sohn des Weingärtners ablehnen? Wer hat der Verkündigung geglaubt? Rätsel über Rätsel: Gott hat sogar die Ablehnung seines Sohnes benutzt und zu unserer Rettung verwandt, in dem er für die Schuld sündiger Menschen starb. Nun liegt es an uns: ob wir bei unserer Ablehnung bleiben, oder ob wir umkehren, bereuen und die Botschaft des Sohnes annehmen. – Es geht um ewige Rettung oder ewiges Gericht", fügt Hartmann noch einmal ernst hinzu. Und er weiß selbst nicht, woher er den

Mut nimmt, das seinem Chef so deutlich zu sagen.

„Ich – ich will die Botschaft hören und befolgen", bricht es aus Dornberg heraus. „Weil ich die Schuld und die Einsamkeit nicht mehr ertragen kann. Sagen Sie, Hartmann, nimmt Jesus auch mich an? Gibt es einen Neuanfang für mich? Vergebung meiner Schuld?"

„Ja, Herr Dornberg, für Sie, für mich, für uns alle. Wir müssen nur wollen. Gott wartet auf Sie!"

Dornberg lehnt sich schwer in seinen Stuhl zurück. „Bitte lassen Sie mich jetzt allein", sagt er. „Ich habe Gott viel zu sagen. Und dann muss ich auch öffentlich gestehen, dass ich", er zögert einen winzigen Moment, „dass ich meinen Stiefbruder übervorteilt und um sein Erbe gebracht habe. Es quält mich ja Nacht und Tag."

„Können Sie es ihm nicht zurückgeben?", fragt Maxim schüchtern.

„Ihm nicht, aber seiner Frau und seinen Kindern. Und genau das werde ich tun."

Hartmann erhebt sich und zieht Maxim an der Hand fort.

„Auf Wiedersehen, Herr Dornberg!", ruft Maxim. „Und frohe Weihnachten."

Dornberg winkt ihm zu und lächelt. Nach vielen Jahren und Jahrzehnten kann es endlich auch für ihn wieder Weihnachten werden.

Kennst du das Kreuz?

Keine Perspektive, kein Sinn, kein Mut, kein Halt.
Fragen bohren, quälen, das Herz bleibt leer und kalt.
Kennst du das Kreuz, den Hügel Golgatha?
Hör hin auf Gott, jetzt ist er dir so nah.

Keine Billigwerbung, kein Bluff, kein Trick, kein Schein.
Nein, was Gott dir bietet, drauf lass dich ruhig ein.
Schau her zum Kreuz, wo Jesus für dich litt.
Sag heute ja, riskier den ersten Schritt.

Gott stellt dich in sein Licht, dir werden Sünden klar.
Legst du ihm alles hin? Dann ist Vergebung da.
Glaub an das Kreuz, wo Jesus starb für dich,
wer ihm vertraut, verzweifelt nicht an sich.

Die größte
Entdeckung

Lautes Keifen drang aus der Küche. „Schluss, Schluss, Schluss!", schrie eine Männerstimme dazwischen. Dann wurde die Küchentür von innen aufgerissen und wieder zugeknallt. Kairas Vater rannte mit weit aufgerissenen Augen an ihr vorbei und verschwand im Schlafzimmer. Rumms, fiel die Tür hinter ihm zu, während die aufgeregten Stimmen von Vaters Freundin Su-Ann und Kairas Schwester Dana durcheinanderklangen.

Kaira verkroch sich im Wohnzimmer und schaute aus dem Fenster. Tief unter ihr lag die Straße in der beginnenden Dunkelheit. Leuchtreklamen spiegelten sich auf dem nassen Asphalt. Von irgendwoher, aus einer der vielen Wohnungen im Haus, drang plärrende Musik. Kaira öffnete weit das Fenster und lehnte sich hinaus. Der Regen hatte nachgelassen und die Wolken lockerten auf. Ein fast milder Wind strich über Kairas Gesicht. Sie atmete tief durch. Der dunkle Himmel mit den segelnden Wolkenfetzen hatte beinahe etwas Beruhigendes.

Nur raus, raus aus der stickigen verräucherten Wohnung, in der immer schlecht gelüftet war und Essensdünste und Schweißgeruch förmlich in den vergilbten Tapeten zu kleben schienen. Kaira riss ihren Anorak vom Haken und öffnete die Flurtür.

„Wo willst du hin?", fragte Su-Ann unfreundlich.

„Nur ein bisschen nach draußen", war Kairas unbestimmte Antwort.

Su-Ann nickte. Nun streckte Kairas kleine Schwester den Kopf zur Tür raus. „Nimmst du mich mit?", fragte sie.

„Meinetwegen", knurrte Kaira. „Aber es wird nicht rumgezickt."

Dana zog eine beleidigte Grimasse, während sie schon auf dem Fußboden saß und ihre neuen weißen Stiefel anzog. Kaira sah einen Moment auf ihre eigenen ausgetretenen Boots herab. Im Moment war es ihr wirklich völlig gleichgültig, was modisch angesagt war. Die Leere in ihrem Inneren schien sich immer mehr auszudehnen und Farben und Licht zu vertreiben. Kaira seufzte.

Die beiden Mädchen liefen die sieben Stockwerke hinunter, denn der Aufzug war wieder mal kaputt. Dann traten sie auf die Straße. Es hatte inzwischen aufgehört zu regnen.

„Worüber habt ihr denn mit Papa gestritten, Su-Ann und du?", fragte Kaira. Ihre kleine Schwester zuckte die Achseln. „Su-Ann wollte ausgehen und Papa sagte, dass er kein Geld hat."

„Wenn sie immer feiern will, muss sie mal selber Geld verdienen", sagte Kaira feindselig. „Oder sich einen Millionär suchen und Papa in Ruhe lassen."

„Ich find' sie ganz okay", meinte Dana. „Gemeinsam haben wir bei Papa schon einiges erreicht."

„Ihr streitet doch dauernd."

„Das ist normal", meinte Dana gleichgültig.

Kaira sah ihre kleine Schwester von der Seite an. War es ihr wirklich egal, dass es jeden Tag Zank und Unfrieden gab? Dass Papa blass und fertig aussah und immer öfter nach Alkohol roch, wenn er abends nach Hause kam?

Dana bemerkte ihren prüfenden Blick. „Su-Ann ist besser als gar niemand", sagte sie leichthin.

Kaira verstand auf einmal. Klar, Dana war damals erst sieben, als Mama abhaute und sie weinte danach ganz viel und machte sogar wieder in die Hose. Sie hatte das genauso wenig verkraftet wie Kaira. Inzwischen war Dana eine hübsche Zwölfjährige, die für alles einen coolen Spruch drauf hatte. Aber in ihrem Inneren sah es vielleicht ganz anders aus.

„Gar niemand?", nahm sie Danas Satz wieder auf, während sie sich versöhnlich bei ihr einhakte. „Ich bin doch auch noch da."

Dana warf ihr einen schnellen Seitenblick zu. „Ach, dich nerve ich doch nur. Genau wie Papa."

Kaira zuckte betroffen zusammen. Dana hatte ja nicht Unrecht. „Komm, ich lade dich zu einer Portion Pommes ein", meinte sie ablenkend.

„Au ja!" Die beiden Mädchen bahnten sich einen Weg durch die belebte Fußgängerzone. Kaira kaufte zwei große Portionen Pommes und die Schwestern setzten sich auf eine Bank in der überdachten Einkaufspassage und aßen schweigend.

Plötzlich näherte sich eine Gruppe von Jugendlichen. Musik drang aus Ipods, dazwischen Gelächter und Schimpfen. Einige der jungen Leute waren offenbar nicht mehr nüchtern.

Kaira sah ihnen besorgt entgegen. „Komm, wir verschwinden lieber. Sie warf ihre leere Pommestüte in den Abfalleimer. Da wurde es auch schon laut in der Gruppe. Zwei große Jungs hatten offenbar Streit miteinander. Dana schaute gebannt hin. Plötzlich hatte der eine ein Messer in der Hand. Kaira sah sich hektisch um. Weit und breit nahm keiner der Passanten Notiz von den Streitenden, alle hasteten vorüber, ohne einen Blick zu wagen. Einer der Jungen ging zu Boden. Seine Nase blutete. Der andere beugte sich über ihn.

Plötzlich öffnete sich die Tür eines Cafes und eine zierliche dunkelhaarige Frau stürmte heraus. „Hört sofort auf!", rief sie wütend. Ihre Stimme klang überraschend tief. „Alex, Skipper, aufhören! Das Messer weg! Aber schnell! Wenn ich so was hier noch mal sehe! ..."

Zu Kairas und Danas grenzenloser Überraschung gehorchten die Jungen sofort. Der Typ mit dem Messer, den die Frau Skipper genannt hatte, half dem anderen Jungen sogar auf die Füße. Dann trollten sie sich kleinlaut.

Kaira näherte sich der Frau mit offenem Mund. „Wie ... wie haben Sie das gemacht?", fragte sie ehrfürchtig.

Die Frau schaute grimmig, aber ihre Augen blitzten dabei voller Leben. „Ach, ich kenne die

Brüder. Und sie kennen mich. Große Klappe, nix dahinter." Ein breites Lächeln erhellte ihr nicht mehr junges, gebräuntes Gesicht. „Ich hab fast allen von ihnen schon mal helfen können, darum hören sie auf mich. Meistens."

„Cool", meinte Dana bewundernd. „Das möchte ich auch können und ..."

„Wie haben Sie denen denn geholfen?", unterbrach Kaira ihre kleine Schwester.

„Fast alle hatten schon Stress zu Hause, Stress mit dem Jugendamt, mit der Kripo oder der Verwandtschaft." Die Frau stemmt energisch die Hände in die Seiten. „Dann wissen sie, dass sie zu mir kommen können."

„Toll", meinte Dana. Kaira nickte. „Genial, wenn mal jemand zuhört und hilft", meinte sie leise. Aber die Frau hatte sie doch verstanden.

„Ich muss wieder rein, aber kommt doch mit, dann können wir reden."

Die Mädchen folgten ihr neugierig. „Cafe Silberschild", las sie über dem Eingang. „Silberschild, davon habe ich in der Schule schon mal was gehört", erinnert sie sich. „Ein ziemlich angesagter Jugendtreff."

„Na, so würde ich das nicht nennen", meinte die Frau trocken. „Ich verstehe es eher als eine Oase. Es kann jeder kommen, reden, Tischtennis spielen oder Dart. Es gibt einen Fitnessraum, die Leute können trainieren, Musik machen, es gibt kalte Getränke, alles ohne Alkohol. Eine Cola kostet bei uns 40 Cent."

„Können Sie davon leben?", fragte Dana überrascht. Sie schaut sich in dem gemütlichen Cafe um. Im Hintergrund kicken zwei Jungs am Tischfußball. Ein Mädchen hat ihr Notebook vor sich stehen.

„Nee, reich werden wir hier nicht, aber es gibt Leute, die das sponsern. Und was meinst du, was bei uns am Wochenende und abends los ist! Ihr könnt mich übrigens Sabrina nennen. Also, wenn die Kids es zu Hause nicht aushalten, kommen sie zu uns. Es gibt Musik und immer jemanden, der zuhört." Die Frau führte die beiden Mädchen zu einem der Tische.

„Warum macht ihr das?", fragte Dana misstrauisch. „Die Sache hat doch bestimmt irgendeinen Haken? Niemand hilft einfach nur so."

Sabrina widersprach heftig: „Wir helfen, weil wir selbst Hilfe bekommen haben." Sie zog den Ärmel ihres Shirts hoch und zeigte den beiden Mädchen ihren zerstochenen und mit Narben bedeckten Arm. „Ich hatte schon zwei Selbstmordversuche hinter mir, ehe mir mal jemand zuhörte: Eine Therapeutin, die mich auf Jesus hinwies. Jesus Christus, der Sohn Gottes, hat mich aus einer so dunklen Nacht herausgeholt, wie ihr sie euch hoffentlich nicht vorstellen könnt."

„Gott?", fragte Kaira misstrauisch. „Unser Vater sagt, Gott wäre nur eine Erfindung von Menschen."

„Und du?", fragte Sabrina. „Du bist doch alt genug, selbst eine Meinung zu haben."

Kaira zuckte unsicher die Achseln.

Sabrina drückte ihr ein kleines Buch in die Hand. „Neues Testament – zweiter Teil der Bibel", stand darauf. „Dann bilde dir eine Meinung", schlug sie vor. „Es gibt nichts Wichtigeres, als Jesus kennenzulernen", ergänzte sie ruhig.

„Kennenlernen?", fragte Dana. „Kann man das?" Ein hungriger Ausdruck lag in ihren Augen.

„Klar kann man. Ganz langsam merken das auch die Jugendlichen, die immer wieder hierher kommen und zuhören. Sie spüren, dass Jesus sie lieb hat – und einige von ihnen glauben ganz fest an ihn. Sie haben ihre Schuld zu ihm gebracht ..."

„Schuld?", unterbrach sie Kaira beinahe feindselig.

„Ja, Schuld. Einige haben schon allerlei auf dem Kerbholz, Schlägereien, Diebstahl, kleine Betrügereien. Aber davon abgesehen gilt vor Gott auch jede Unfreundlichkeit, jede Lüge oder Feindseligkeit als Sünde." Dana verzog das Gesicht. „Das kann man doch gar nicht vermeiden. Wirklich jeder Streit, jede kleine Ekligkeit?"

„Ja. Aber Gott stellt ja nicht nur den Maßstab, er bietet auch die Lösung an." „Und die wäre?", fragte Kaira wider Willen neugierig.

„Jesus hat die Strafe von Gott für unsere Sünden auf sich genommen. Dann ist er freiwillig am Kreuz gestorben. Wenn du deine Sünde einsiehst und ihm bekennst, verzeiht er dir."

„Und weiter?"

„Jesus nimmt dich an, das heißt, er kommt selbst in dein Herz."

„Wie?"

„Die Bibel sagt es so, dass er dir ein neues Herz schenkt, das gereinigt ist und bereit, Gottes Willen zu tun. Jesus bleibt dann immer bei dir. Du bist nie mehr allein. Ich habe das erlebt und einige der Jungen und Mädchen auch, die hierher kommen."

Kaira sieht auf das Buch in ihrer Hand. „Wir werden das lesen", verspricht sie. Dana nickt. „Können wir mal wiederkommen?"

„Natürlich! Ihr seid immer willkommen."

Kaira und Dana verabschieden sich. Sie sind irgendwie getröstet. Und wie sie es Sabrina versprochen haben, beginnen sie noch am gleichen Abend, gemeinsam im Neuen Testament zu lesen, das sie bekommen haben.

Bethlehem heute

Was ist aus
Bethlehem geworden?

Bethlehem im Süden Israels. Vor mehr als 2000 Jahren kam hier Jesus zur Welt. Die religiöse Oberschicht der Juden lehnte ihn ab, feindete ihn an und denunzierte ihn schließlich bei der römischen Besatzungsmacht. Der Herr Jesus wurde gekreuzigt, von Gott auferweckt und nach vierzig Tagen in den Himmel aufgenommen, wo er jetzt als unsichtbarer König und Herr in denen regiert, die an ihn glauben und Vergebung ihrer Schuld gefunden haben.

Doch was wurde aus Bethlehem? Zur Zeit Jesu regierten die Römer das Land. Ab dem siebten Jahrhundert herrschten dort nacheinander Seldschuken, Kreuzritter aus Europa, Mamelucken und Türken, bis das Land nach dem Ersten Weltkrieg unter britische Verwaltung kam. Im Jahr 1947 stimmte die Vollversammlung der UN für die Errichtung zweier Staaten westlich des Jordans, eines jüdischen und eines arabischen. Am 14. Mai 1948 rief das jüdische Volk auf dem ihm zugeteilten Gebiet den Staat Israel aus.

Bethlehem liegt heute im palästinensischen Autonomiegebiet Westjordanland und ist eine Stadt mit rund 30.000 Einwohnern. Sie beheimatet zwei Universitäten. Zur Kernstadt gehören auch die Ortschaften Beit Dschala und Beit Sahur. Im letztgenannten Ortsteil wird der Geburtsort von König David und von Jesus Christus vermutet.

Dem Ursprung nachspüren

Als aber die Fülle der Zeit gekommen war, sandte Gott seinen Sohn, geboren von einer Frau.

Galater 4,4

Unabhängig davon, ob es nur für ein Teelicht reicht oder ob wir uns auf einer weichen Polsterlandschaft nach dem Festessen erholen — wir sehnen uns nach Geborgenheit und einem echten Zuhause. An den Weihnachtsfeiertagen halten wir beinahe zwangsläufig inne, weil unser gewohnter Alltag unterbrochen wird. Nutzen wir diese Zeit doch einmal, um uns mit der Botschaft der Bibel zu beschäftigen und darüber nachzudenken.

Die Berichte von der Geburt Jesu, an die zu Weihnachten gedacht werden soll, sind in zwei biblischen Büchern nachzulesen: Dem Evangelium nach **Matthäus** und dem Evangelium nach **Lukas**.

Matthäus (auch Levi genannt) war der Sohn des Alphäus und einer der zwölf Apostel. Er war ein bei den Römern angestellter Zöllner. Als Jesus Christus ihn zu sich rief, verließ Matthäus sofort das Zollhaus, lud den Herrn Jesus zu sich zum Essen ein und gab seinen äußerst lukrativen Beruf auf, um fortan Jesus nachzufolgen.

Lukas war ein Mitarbeiter des Apostels und Missionars Paulus. Von Beruf war Lukas Arzt und trug die Berichte von Augenzeugen, die mit Jesus gelebt hatten, sorgfältig zusammen. Er schrieb neben dem Evangelium auch unter Gottes Leitung einen Bericht über die Anfangszeit des Christentums (die „Apostelgeschichte").

Der Bibeltext aus dem Lukasevangelium wird in mehreren Geschichten dieses Buchs zitiert. Der Bericht von Matthäus ist auf den nächsten Seiten abgedruckt.

Der Name „Jesus" ist die griechische Form des hebräischen Namens „Josua" oder „Jehoschua, Jeschua". Der Name bedeutet: „Der Herr ist **Retter** oder Heiland". Dieser Name wird im Alten Testament für Gott, den HERRN (Jahwe = der Ewige) benutzt, beispielsweise im Propheten Jesaja, Kapitel 49, Vers 26.

Christus ist die lateinische Schreibweise des hebräischen „Messias" und bedeutet „Gesalbter". So wird in der Bibel der rechtmäßige, von Gott eingesetzte König der Israeliten bezeichnet. Sein Thron besteht ewig und soll immer von einem Nachfolger Davids besetzt sein.

Das Matthäus-
evangelium berichtet

(Kapitel 1,18 bis 2,12):

„Die Geburt Jesu Christi aber war so: Als Maria, seine Mutter, mit Joseph verlobt war, fand es sich, ehe sie zusammengekommen waren, dass sie schwanger war von dem Heiligen Geist. Da aber Joseph, ihr Mann, gerecht war und sie nicht bloßstellen wollte, gedachte er sie heimlich zu entlassen. Als er aber dies überlegte, siehe, da erschien ihm ein Engel des Herrn im Traum und sprach: Joseph, Sohn Davids, fürchte dich nicht, Maria, deine Frau, zu dir zu nehmen; denn das in ihr Gezeugte ist von dem Heiligen Geist. Sie wird aber einen Sohn gebären, und du sollst seinen Namen Jesus nennen; denn er wird sein Volk erretten von ihren Sünden. Dies alles geschah aber, damit erfüllt würde, was von dem Herrn geredet ist durch den Propheten, der spricht: ‚Siehe, die Jungfrau wird schwanger sein und einen Sohn gebären, und sie werden seinen Namen Emmanuel nennen‘, was übersetzt ist: Gott mit uns. Joseph aber, vom Schlaf erwacht, tat, wie ihm der Engel des Herrn befohlen hatte, und nahm seine Frau zu sich; und er erkannte sie nicht, bis sie ihren erstgeborenen Sohn geboren hatte; und er nannte seinen Namen Jesus.

Als aber Jesus in Bethlehem in Judäa geboren war, in den Tagen des Königs Herodes, siehe, da kamen Magier vom Morgenland nach Jerusalem und sprachen: Wo ist der König der Juden, der geboren worden ist? Denn wir haben seinen Stern im Morgenland gesehen und sind gekommen, um ihm zu huldigen.

Als aber der König Herodes es hörte, wurde er bestürzt und ganz Jerusalem mit ihm; und er versammelte alle Hohenpriester und Schriftgelehrten des Volkes und erkundigte sich bei ihnen, wo der Christus geboren werden sollte. Sie aber sagten ihm: In **Bethlehem** in Judäa; denn so steht durch den Propheten geschrieben: ‚Und du, Bethlehem, Land Juda, bist keineswegs die Geringste unter den Fürsten Judas; denn aus dir wird ein Führer hervorkommen, der mein Volk Israel weiden wird.'

Dann rief Herodes die Magier heimlich zu sich und erfragte von ihnen genau die Zeit der Erscheinung des Sternes; und er sandte sie nach Bethlehem und sprach: Zieht hin und forscht genau nach dem Kind; wenn ihr es aber gefunden habt, so berichtet es mir, damit auch ich komme und ihm huldige. Sie aber zogen hin, als sie den König gehört hatten. Und siehe, der Stern, den sie im Morgenland gesehen hatten, ging vor ihnen her, bis er kam und oben über dem Ort stehen blieb, wo das Kind war. Als sie aber den Stern sahen, freuten sie sich mit sehr großer Freude. Und als sie in das Haus gekommen waren, sahen sie das Kind mit Maria, seiner Mutter, und sie fielen nieder und huldigten ihm; und sie taten ihre Schätze auf und brachten ihm Gaben dar: Gold und Weihrauch und Myrrhe. Und als sie im Traum eine göttliche Weisung empfangen hatten, nicht wieder zu Herodes zurückzukehren, zogen sie auf einem anderen Weg hin in ihr Land."

Bethlehem liegt zehn Kilometer südlich von Jerusalem im Gebirge Judäa. Der Ort wird bereits im Buch Genesis in der Geschichte über Rahels Grab erwähnt. Das alttestamentliche Buch Ruth erzählt von einer Familie, die Bethlehem wegen einer Hungersnot verlässt und nach Moab zieht. Nur die Frau mit Namen Noomi überlebt und kehrt mit ihrer moabitischen Schwiegertochter zurück, die dann einen Verwandten namens Boas heiratet. Aus dieser Ehe geht der spätere Großvater des berühmten Königs David hervor, der in Bethlehem aufwächst. Deshalb wird Bethlehem auch die „Stadt Davids" genannt.

Geburtskirche in Bethlehem

Ein zuverlässiger Geburtsbericht

Was wissen wir heute über die Geburt von Jesus Christus?

Im Lauf der Jahrhunderte entstanden Bräuche und Traditionen, die die biblischen Berichte über das Wunder, dass Gottes Sohn Mensch wurde, etwas in den Hintergrund drängten.

Die Bibel enthält keine Hinweise darauf, zu welcher Jahreszeit Jesus geboren wurde. Wir wissen auch nicht genau, in welchem Jahr Jesus geboren wurde. Vermutlich nicht im Jahr Null, sondern etwas früher, nämlich in der Regierungszeit Herodes des Großen, der schon im Jahr 4 v. Chr. starb. In Kombination mit anderen historisch bekannten Personen, die in der Bibel genannt werden, kommt für die Geburt Jesu ein Zeitraum von 7–4 v. Chr. infrage.

Obwohl wir Jahreszeit und genauen Zeitpunkt der Geburt Jesu nicht kennen, steht aber fest, **dass** Jesus geboren wurde. Denn die Berichte der Bibel sind zuverlässig und absolut glaubwürdig.

„Und siehe, der Stern, den sie im Morgenland gesehen hatten, ging vor ihnen her, bis er kam und oben über dem Ort stehen blieb, wo das Kind war."

Matthäus 2,9

Dazu ein Beispiel: Der Prophet Jesaja lebte in der Zeit von 797 bis 740 v. Chr. und kündigte im Auftrag Gottes die Geburt von Jesus Christus an (z. B. in Jesaja 7,14). Von diesem Prophetenbuch existiert eine Abschrift aus dem zweiten Jahrhundert **vor** Christus. Dieser Fund zeigt, wie präzise jüdische Schriftgelehrte den Text des Alten Testaments über die Jahrhunderte weitergaben.

Bei der Überlieferung des Neuen Testaments wird die Genauigkeit durch die Vielzahl gefundener Handschriften bestätigt, die bis ins zweite Jahrhundert nach Christus zurückreichen. – Wir können daher sicher sein, jenen Bibeltext zu besitzen, den die biblischen Schreiber unter Gottes Leitung niederlegten.

Der helle Stern in alten Zeiten

Sondern wie geschrieben steht:
Was kein Auge gesehen und kein Ohr
gehört hat und in keines Menschen Herz
aufgekommen ist, was Gott bereitet hat
denen, die ihn lieben.

1. Korinther 2,9

Die Nacht des Retters

*D*ie Dämmerung brach früh herein an diesem Nachmittag des 24. Dezembers 1911. Dichtes Schneetreiben erfüllte die Luft, so dass man kaum einige Meter weit blicken konnte. Sam Hunter schaute missmutig aus dem schmalen Fenster seiner Waldhütte, die auf einer Lichtung geschützt an einem Berghang der Rocky Mountains stand.

Die Tannen bogen sich schwer unter der Last des Neuschnees und der Wind heulte um das niedrige, geduckte Holzhaus. Da draußen tobte einer jener gefürchteten Schneestürme, die binnen Stunden alles unter einer dicken Schneedecke begruben. Wehe dem, der dann keinen Unterschlupf hatte!

Gut, dass er am Vormittag die Fallen geleert hatte und für viele Tage mit Fleisch versorgt war. Auch seine übrigen Vorräte würden reichen, um notfalls sogar den ganzen Winter zu überstehen. Nur die Einsamkeit machte ihm mehr zu schaffen, als er es für möglich gehalten hätte! Schon der lange Herbst und nun noch die dunklen Wintertage. Und die Untätigkeit.

Sam sprang unruhig auf und durchmaß die Hütte wie ein gefangener Tiger seinen Käfig. Ungebetene Gedanken quälten ihn.

Er hörte auf das Heulen des Windes. Krachend stürzte ein großer schneegebeugter Ast herab. Splittern von eisbedecktem Holz. Aber dann noch ein anderer Ton, ein menschlicher, im Toben der Elemente. Sam war in einem Augenblick an der Tür seiner Hütte. Der Sturm riss sie ihm beinahe aus der Hand. Eine schneebedeckte, zu Tode erschöpfte Gestalt wankte humpelnd herein und sank kraftlos auf einen Stuhl.

„Bin ich froh, dass ich's bis hierher geschafft habe!", keuchte er.

Sam stemmte sich gegen die Gewalt des Sturmes und drückte die Tür mit aller Kraft in ihr Schloss. Dann wandte er sich dem abendlichen Besucher zu.

„Paul!", rief er erschrocken aus. „Wo kommst du her bei dem Wetter?"

Tatsächlich, es war Paul Stettman, ein Trapper und Einzelgänger, wie er im Buche stand, der das ganze Jahr hoch im Gebirge unterwegs war. Paul lebte von Jagd und Fischfang und wurde nur ganz selten in der Stadt gesehen.

Sam eilte zum Feuer und hängte den Kessel mit Wasser auf, um frischen Tee zu bereiten.

Paul verzog sein bärtiges Gesicht zu einem schmerzlichen Grinsen und strich sich über seine geschwollene Wange. „Hätte nicht gedacht, dass ein vereiterter Zahn einen so schafft! Muss zum Zahndoktor in der Stadt. Darum war ich aufgebrochen!"

„Wo ist dein Pferd? Du bist doch wohl nicht zu Fuß unterwegs?"

„Gestürzt, das arme Tier. Ich habe es oben bei den Simons lassen müssen. Frag mich nicht, wie lange ich für den Weg hier herunter gebraucht habe." Paul streckte sein linkes Bein aus. Der Knöchel stand in einem seltsamen Winkel zur Seite. „Und dann kam noch der Schneesturm!"

„Wie konntest du damit laufen?", fragte Sam entsetzt und starrt auf Pauls Bein.

„Ach, hab mir Gehstützen geschnitten."

„Mensch, warum bist du nicht bei den Simons geblieben?"

Sam kannte die junge Familie Simon flüchtig. Sie waren im Sommer mit ihrem zehnjährigen Sohn in die Berghütte am Südhang gezogen. Der junge Jäger hatte dort schon ein Jahr allein gelebt und da er in der Stadt keine Arbeit fand, waren sie gemeinsam dorthin zurückgegangen.

„Aber was rede ich – du wirst Hunger haben! Eine kräftige Suppe hab ich noch vom Mittag." Sam hängte nun den Topf über das Feuer.

Der Tee war inzwischen fertig. Paul wärmte seine eiskalten Hände an dem warmen Becher. Sam sah, dass er sich dann verstohlen über die Augen wischte.

„Was ist mit den Simons?", erkundigte er sich beunruhigt.

„Haben Pech gehabt. Ein Bär hat ihnen mehrere Fallen leer geräumt und streicht wohl immer noch durch die Gegend. Hab seine Abdrücke gesehen." Er fasste unwillkürlich nach der Büchse, die neben seinem Stuhl stand. „Die Simons hungern. Ich hatte selbst keinen Proviant mehr und konnte ihnen nicht helfen. Frau Simon –", Paul stockte einen Moment und wischte sich erneut über die Augen, „sie liegt mit Fieber im Bett. Ihr kleines Mädchen ist zu früh gekommen. Sie hat ganz wenig Milch. Wenn der Sturm mehrere Tage anhält, werden sie es auf keinen Fall schaffen, vielleicht – nicht einmal mehr bis morgen." Das klang entsetzlich endgültig.

„Keinerlei Vorräte?", fragte Sam entsetzt. Sein Mund fühlte sich mit einem Mal trocken an.

Paul schüttelte den Kopf. „Alles verbraucht. War kein guter Sommer. Trocken. Dann kam der Frost sehr früh. Und am Südhang gibt es weniger Tiere als hier." Sam starrte hinaus in die Dunkelheit, die vom Heulen des Windes erfüllt war. Der Schneefall hatte sich zu einer wehenden weißen Wand verdichtet. Man konnte kaum einen halben Meter weit sehen. Und doch ... Sam dachte an seine eigene gut gefüllte Vorratskammer. Sogar etwas Milch und Käse war da von den beiden verwilderten Ziegen, die er im Sommer am Rande des Tals eingefangen hatte und die jetzt im Winter ein zufriedenes Dasein neben seinen beiden Pferden im Stall fristeten.

Der Inhalt des Topfes über dem Feuer brodelte. Sam stand auf und füllte einen Teller mit der kräftigen duftenden Suppe. Paul begann sie hungrig zu verschlingen. Sam füllte ihm noch einmal auf. Dazu gab es Brotfladen, die Paul mit seinem entzündeten Zahn nur mühsam beißen konnte.

Sam packte unterdessen zwei große Satteltaschen mit Vorräten, Fleisch, Mehl, Käse, eine Lederblase gefüllt mit Milch, getrocknete Beeren, Salz und Hafer.

Paul blickte mit großen Augen auf. „Was hast du vor?", fragte er stockend.

„Die Sachen hinaufbringen zu den Simons!"

„Um Gottes Willen!"

Sam zuckte bei diesen Worten zusammen. Gottes Willen? Daran hatte er schon so lange nicht mehr gedacht und noch weniger danach gefragt. Dafür war es zu spät, viel zu spät.

„Bei dem Wetter?", fuhr Paul entsetzt fort. „In der Dunkelheit? Du bist verrückt!"

Sam wehrte den Druck ab, der sich auf sein Herz legen wollte. „Wenn du mit gebrochenem Knöchel den Weg zu Fuß geschafft hast, werde ich es wohl mit zwei Pferden auch können. MyBonnie ist ein Mustang. Sie findet jeden Weg wieder, den sie schon einmal gelaufen ist."

„Lass es sein, Sam! Warte wenigstens, bis der Sturm nachlässt!"

„Und wenn die junge Mutter und ihr Kind sterben?"

Paul Stettman erwiderte nichts darauf

„Kommst du solange hier allein zurecht? Es sind genug Vorräte da."

„Natürlich. Danke, Sam."

✳

Der Schneesturm hatte sich noch verstärkt. Beinahe hätte Sam den Weg zum Stall verfehlt. Selbst das Licht der starken, bruchsicheren Sturmlaterne durchdrang die Nacht nur wenige Schritte weit.

MyBonnie, Sams Rappstute, hob sofort den Kopf,

als der junge Mann mit den schweren Satteltaschen hereinkam, und wieherte freudig. Claasen, der kraftvolle Halbblutwallach aus Norwegen, ließ sich gleichmütig aus seinem Verschlag führen und den schweren Packsattel auflegen.

Dann kam MyBonnie an die Reihe. Auch im Halbdunkel saß jeder Handgriff. Sam verlöschte sorgfältig die Laterne. Dann führte er beide Pferde nacheinander nach draußen.

Boshaft zerrte der Sturm an ihnen, als sie den Schutz des Stalls verließen. Nur mit großer Mühe kam Sam in MyBonnies Sattel. Die Stute wandte den Kopf, als wollte sie fragen: „Müssen wir wirklich da raus?"

Sam kauerte sich tief über ihren Hals. „Es geht nicht anders, mein Mädchen!", flüsterte er. „Vorwärts."

Für einen Moment ließ das Schneetreiben ein wenig nach, so dass Sam ein Stück des Weges erkennen konnte. Energisch lenkte er die Stute auf den Pfad, der zum Südhang hinüberführte. Das kluge Tier schien sich an den Weg zu erinnern. Langsam im Schritt kämpften sie sich den schmalen Waldsteig bergauf.

Sam saß zusammengesunken, die Zügel des Packpferdes um sein Handgelenk geschlungen. Die Kälte schnitt erbarmungslos in sein Gesicht, in seine Hände. Unendlich lang dehnten sich die eisigen Minuten. Wenn er doch umkehren könnte! Doch da warteten eine Frau und ihr Kind auf Rettung. Plötzlich musste Sam an seine eigene Mutter denken. Deutlich sah er ihr Gesicht vor sich. Ob sie wohl an ihn dachte, am Vorweihnachtsabend? An ihn, den verlorenen Sohn? Seine Lippen zitterten. Vor Kälte, aber auch vor unterdrücktem Kummer. Vorwärts, nur vorwärts, nicht nachdenken!

✳

Stunde um Stunde stapften die beiden treuen Pferde vorwärts, stumpf, mechanisch durch eine weiß verhangene, vom Sturm gepeitschte Wüstenei. Sam war vor Kälte ganz steif. Er musste wach bleiben! Seine Gedanken verwirrten sich. MyBonnie blieb plötzlich stehen und wandte den Kopf. Sie blies Sam ihren Atem ins Gesicht. Sam riss mit letzter Anstrengung die Augen auf, die von Schnee und feinen Eiskörnern verklebt waren. Er nahm die Zügel auf.

„Was hast du denn, Mädchen?"

MyBonnie schnaubte.

Sam presste die Augen zusammen, um etwas zu erkennen. Der Schneefall ließ für einen Moment nach. Sam schauderte, als er seine Lage erkannte. Vor ihm erhob sich eine steile Felswand, neben ihm ein Abgrund, hinter ihm der schmale Weg, den sie hinaufgestiegen waren. Hier gab es kein Fortkommen. Er hatte anscheinend an der letzten Wegmarkierung falsch entschieden und seine Pferde in die falsche Richtung geleitet. Verirrt! Verloren in der eisigen Kälte! Panik stieg in ihm auf.

„Gott!", schrie er in die Weite der einsamen stürmischen Nacht. „Hilf mir!" Seine Stimme verhallte im Dunkel. „Gott", begann Sam noch einmal und es war nur noch ein heiseres Flüstern, „Gott, ich bitte nicht für mich. Hab ja kein Recht, dich zu bitten. Du hast mich hundertmal gerufen und ich habe nicht gehört. Für mich ist's zu spät. Aber hilf der jungen Familie und dem Baby. Zeig uns den Weg zu ihnen. Bitte!" Seine Stimme verebbte in einem unterdrückten Schluchzen.

Kurz darauf spürte er, dass er innerlich ruhiger wurde. Langsam, mit vorsichtigen Bewegungen, glitt er aus MyBonnies Sattel. Er legte dem Pferd die Hand über die Nüstern. „Bleib ganz still stehen. Ich hole dich gleich."

Er löste den Zügel des Packpferdes von seinem Handgelenk. Claasen stand ruhig und unbeeindruckt auf dem Felspfad.

„Langsam rückwärts, mein Guter!"

Das Halbblut ging gehorsam, von Sam geführt, den Weg rückwärts wieder hinab, bis eine Stelle kam, die genug Platz zum Wenden bot.

„Warte hier", bat der Trapper.

Auch der Abstieg mit MyBonnie gelang. Zwar

schnaubte die Stute nervös, doch sie vertraute Sam blind und folgte seiner Leitung.

Sam kletterte in den Sattel zurück. Kurz darauf hatten sie die Stelle wiedergefunden, wo sie falsch geritten waren. Das Schneetreiben wurde wieder dichter.

„Gott, bitte hilf mir, jetzt den richtigen Weg zu finden", betete Sam. Er saß ab und betrachtete den tiefen Schnee. Und dort, ganz verwischt und fast mit frischem Schnee zugeweht, waren ihre eigenen Abdrücke auf dem Weg.

Dankbar stieg er in MyBonnies Sattel. Claasen folgte ihnen ruhig durch die Nacht.

✳

Es war tiefe Nacht, als sie das einfache Holzhaus der Simons erreichten. Der Sturm hatte nachgelassen, doch noch immer schneite es unaufhörlich. Nichts regte sich im Haus.

Sam sah hinauf zum Himmel. „Danke, Gott!", flüsterte er.

Er brachte die Pferde in den niedrigen Stall und sattelte sie ab. Dort fand er auch das verletzte Pferd von Paul Stettman in einer strohgestreuten Box. Eine magere weiße Mähre, die wohl den Simons gehörte, stand daneben. Der Hafer, den Sam mitgebracht hatte, reichte gerade aus, um den Hunger der vier Pferde zu stillen. Wasser in der Tränke war noch vorhanden.

Mit mulmigem Gefühl näherte sich Sam dem Haus. Was würde er vorfinden? War das Baby noch am Leben?

Er klopfte sich den Schnee von seiner Kleidung, dann trat er leise ein und stellte die schweren Packsättel auf die Erde. Aufmerksam sah er sich um. Kein Laut war zu hören. In der Hütte war es kühl, das Feuer fast heruntergebrannt. Schnell legte Sam einige Scheite Holz nach, so dass die Flammen hell aufloderten.

Das einfache Holzhaus bestand aus zwei Stuben. Da war einmal der Wohnraum mit Herdfeuer, in dem er gerade stand. Außerdem gab es eine Schlafkammer, deren Tür angelehnt war.

Schnell packte Sam seine Vorräte aus. Etwas geschmolzenes Eis war noch da. Sam stellte den Topf aufs Feuer. Plötzlich schaute er auf, in das blasse Gesicht eines mageren Jungen, der im Schlafanzug und barfuß in der Tür zur Schlafkammer stand.

„Wer bist du?", flüsterte der Junge.

„Ich bin Sam. Erinnerst du dich an mich? Ich wohne unten am Westhang und habe euch etwas zu essen gebracht. Hilfst du mir beim Kochen?"

Der Junge löste sich aus seiner Erstarrung. „Ich hole Vati!" Er rannte in die Kammer zurück.

Sam schluckte, als er den jungen Familienvater erblickte. Mr. Simon bestand nur noch aus Haut und Knochen. Seine Augen waren tief eingesunken.

„Sie kommen bei diesem Wetter zu uns herauf?", fragte er fassungslos. „Bringen uns etwas zu essen?"

Sam war mit einem Schritt bei ihm: „Simon, du meine Güte, was ist denn bei euch geschehen?"

John Simon lächelte traurig. „Ich habe zwei Wochen mit Grippe gelegen und meine Frau angesteckt. Dann ist das Baby zu früh gekommen. Ein Bär hatte uns in der Zwischenzeit die Fallen leer geräumt ..."

„Verstehe!" Sam wandte sich wieder dem Herdfeuer zu und kochte eine Suppe aus dem mitgebrachten Fleisch und den Kräutern. Simon half ihm dabei.

„Wie geht es Ihrer Frau und dem Baby?"

„Sie schlafen trotz des Hungers."

„Wollen Sie die beiden wecken? Ich habe Ziegenmilch mitgebracht, die ich rasch erwärmen kann."

Dem jungen Vater gingen die Augen über. Er eilte zu seiner Frau und dem Baby. Der Junge hatte alles mit großen Augen beobachtet.

„Zieh deine Schuhe an", mahnte Sam, „der Boden ist viel zu kalt."

Der Junge gehorchte.

„Wie heißt du denn?"

„Danny!"

Sam reichte ihm ein Stück Brot und etwas getrocknetes Fleisch.

„Lass es dir schmecken, Danny!

„Danke!", sagte Danny mit strahlendem Lächeln.

Er hockte sich an den Tisch, faltete die Hände, betete und begann zu essen.

Sam beobachtete ihn bewegt.

„Ich habe so gebetet, dass Gott uns Hilfe schickt, damit das Baby nicht verhungert", erzählte der Junge.

Sam nickte. Sprechen konnte er nicht.

Dannys Vater betrat den Raum, ein winziges schlafendes Baby auf dem Arm. Danny holte die Babyflasche aus dem einzigen, grob gezimmerten Schrank, füllte die warme Milch hinein und reichte das Fläschchen seinem Vater. Ohne die Augen zu öffnen begann das kleine Mädchen kräftig zu saugen. Danny sah ihr glücklich zu.

„Die Suppe ist gleich fertig", erklärte Sam. „Willst du deiner Mutter einen Teller hineinbringen?"

Danny nickte eifrig.

Bald darauf hatten auch Danny, sein Vater und Sam gegessen.

„Wo wirst du schlafen?", fragte Danny danach besorgt.

„Auf der Erde", meinte Sam unbekümmert. „Ein warmes Plätzchen am Herd."

Er war aber doch dankbar, dass John Simon ihm ein Lager aus Stroh, Fellen und Decken bereitete, auf dem er seine müden Glieder ausstrecken konnte und sofort einschlief.

✳

Am nächsten Morgen wurde Sam durch das Klappern von Geschirr geweckt. Der Sturm war vorüber und eine blasse Wintersonne schien zum Fenster herein.

„Guten Morgen", begrüßte ihn John Simon fröhlich. Er war dabei, den Tisch zu decken.

Eine zierliche, geradezu zerbrechlich wirkende junge Frau betrat den Raum, das Baby auf dem Arm. Sie kam auf Sam zu.

„Das können wir nie wieder gutmachen!", erklärte sie bewegt. „Sie haben vergangene Nacht Ihr Leben riskiert, um uns zu helfen!"

Sam lächelte verlegen. Zu seiner eigenen Überraschung brach es aus ihm heraus: „Nur mit Gottes Hilfe habe ich es geschafft!"

„Gott sei Dank", sagte die junge Frau Simon dankbar. „Er hat uns nicht vergessen, sondern uns mitten in der Nacht einen Retter geschickt. So, wie Gott damals seinem verzweifelten Volk einen Retter sandte!"

„Ja, daran denken wir doch besonders in diesen Tagen: dass Jesus Christus, der Retter der Welt, geboren ist. Er verließ die Pracht und die Sicherheit des Himmels, um uns aus Tod und Verderben freizukaufen!", ergänzte John. „Der Preis dafür war sein eigenes Leben!"

Neben ihm lag die aufgeschlagene Bibel.

„Lesen Sie von der Geburt Jesu", bat Sam.

„Gerne!" John Simon begann: „*Es geschah aber in jenen Tagen, dass eine Verordnung vom Kaiser Augustus ausging, den ganzen Erdkreis einzuschreiben. Die Einschreibung selbst geschah als erste, als Kyrenius Statthalter von Syrien war. Und alle gingen hin, um sich einschreiben zu lassen, jeder in seine Stadt. Es ging aber auch Joseph von Galiläa aus der Stadt Nazareth hinauf nach Judäa in die Stadt Davids, die Bethlehem heißt, weil er aus dem Haus und der Familie Davids war, um sich einschreiben zu lassen mit Maria, seiner verlobten Frau, die schwanger war.*

Es geschah aber, als sie dort waren, dass die Tage erfüllt wurden, dass sie gebären sollte; und sie gebar ihren erstgeborenen Sohn und wickelte ihn in Windeln und legte ihn in eine Krippe, weil in der Herberge kein Raum für sie war. Und es waren Hirten in derselben Gegend, die auf freiem Feld blieben und in der Nacht Wache hielten über ihre Herde. Und siehe, ein Engel des Herrn trat zu ihnen, und die Herrlichkeit des Herrn umleuchtete sie, und sie fürchteten sich mit großer Furcht. Und der Engel sprach zu ihnen: Fürchtet euch nicht, denn siehe, ich verkündige euch große Freude, die für das ganze Volk sein wird; denn euch ist heute in der Stadt Davids ein Erretter geboren, welcher ist Christus, der Herr. Und dies sei euch das Zeichen: Ihr werdet ein Kind finden, in Windeln gewickelt und in einer Krippe liegend.

Und plötzlich war bei dem Engel eine Menge des himmlischen Heeres, das Gott lobte und sprach: Herrlichkeit Gott in der Höhe und Friede auf der Erde, an den Menschen ein Wohlgefallen!"

Sam hörte atemlos zu. „An den Menschen ein Wohlgefallen", wiederholt er bitter. „Kann das denn auch für mich noch gelten? Trennen mich nicht Schuld und Versäumnisse für immer von Gottes Frieden?"

Frau Simon sah ihn voller Herzlichkeit an. „Was auch immer Sie getan haben – wenn Sie es ehrlich vor Gott einsehen und bekennen, vergibt er Ihnen! So steht es in der Bibel! Der Weg zum Herzen Gottes steht Ihnen offen! Glauben Sie daran! So wie Sie für uns Ihr Leben aufs Spiel setzten, hat es der Sohn Gottes getan. Er hat sogar sein Leben für uns gegeben. Wir brauchen nur zugreifen!"

„Beten Sie mit mir?", fragte Sam.

John nickte. „Lieber Herr Jesus Christus", begann er, „du siehst unseren Freund Sam Hunter. Vergib ihm seine Schuld und nimm ihn an als deinen Jünger und Nachfolger und schenke ihm ewiges Leben."

„Amen", sagte Sam. Und dann brach wie ein Sturzbach das Bekenntnis aus ihm heraus. Seine Schuld und Untreue seinen Eltern und seiner Familie gegenüber, seine vielen großen und kleinen Versäumnisse, sein Leben ohne Gott, sein Widerstand gegen Gottes Rufen, alles legte er vor Gott offen.

Als er geendet hatte, sah er auf, in das Gesicht von Frau Simon. „Willkommen in der Gemeinschaft froher Gotteskinder!", sagte sie unter Tränen lächelnd. „In der Bibel steht, dass sich der Himmel und alle seine Bewohner freuen, wenn ein Mensch Gott findet!"

Danny strahlte. „Kannst du ein paar Tage bei uns bleiben?", fragte er hoffnungsvoll.

Sam schüttelte bedauernd den Kopf. „Ich muss Paul Stettman in die Stadt bringen. Er benötigt dringend einen Arzt. Aber danach komme ich wieder herauf und bringe Nachschub an Vorräten. Denn bei mir war die Jagdsaison sehr gut."

„Dann leisten Sie uns einige Tage Gesellschaft", schlug John Simon vor.

„Gern! Sie können mir helfen, all das wieder in meine Erinnerung zu holen, was ich als Kind aus der Bibel hörte, aber niemals geschätzt habe!"

„Einverstanden!"

✳

Um die Mittagszeit sattelte Sam seine beiden Pferde und verabschiedete sich von den Simons. Der tief verschneite Weg war äußerst beschwerlich, aber Sams Herz war so leicht wie noch nie zuvor in seinem Leben.

Nach dem
Unwetter

Nach Stunden hat der Sturm endlich nachgelassen und es dämmert ein grauer Morgen. In großartiger Einsamkeit liegt der Strand. Er ist hier und dort noch mit verharschten Schneeresten bedeckt.

Martyn stakst zum Wasser hinunter. Er fühlt sich steif und unausgeschlafen nach der durchwachten Sturmnacht, während der er einfach keinen Schlaf fand.

Er beschattet die Augen mit der Hand und sieht aufs Meer hinaus. Dann setzt er sein Fernglas an. Es ist der Morgen des 24. Dezember …

Martyn ist Biologiestudent und Vogelwart auf der Insel. Eigentlich ist die Station während der Wintermonate nicht besetzt, weil die meisten Vögel den Winter in wärmeren Gegenden verbringen. Doch auf eigenen Wunsch darf Martyn den Dezember und den Januar hier verbringen und seine Studienarbeit fortsetzen. Es muss ja niemand wissen, dass die Fortführung dieser Studien eigentlich gar nicht so dringend ist. Martyn wollte einfach einmal allein sein. Weg von der Familie mit ihren frommen Anforderungen. Kein Weihnachten feiern, sondern frei sein, den offenen Himmel und das einfache Leben genießen!

Martyn sucht mit dem Fernglas das Meer vor dem Strand ab. Da draußen liegen tückische, flache Felsen, die bei ruhigem Meer nur wenig aus dem Wasser schauen. Doch wenn das Meer vom vergangenen Sturm noch so aufgewühlt ist wie an diesem Morgen, sieht man sie gar nicht.

Aber was ist das? Martyn stellt sein Glas schärfer ein. Er erstarrt. Kein Zweifel – da draußen steuert ein kleines Motorboot vom offenen Meer direkt auf die gefährlichen Felsen zu. Martyn kann zwei Personen an Bord sehen, einen Mann und ein Kind.

Martyn ruft und winkt, doch sofort wird ihm klar, dass die Leute da draußen ihn nicht bemerken können!

Martyn rennt zurück zur Hütte. Er schnappt die Erste-Hilfe-Ausrüstung und jagt zum Bootshaus. Voller Panik lässt er das Boot über die Rutsche ins Wasser hinab. Gefühlte Stunden sind vergangen, obwohl es erst wenige Augenblicke her ist, seit er das Motorboot vor den Klippen entdeckte. Endlich dümpelt das Boot im seichten Wasser der geschützten Bucht. „Lass den Motor anspringen!", hämmert es in seinem Schädel, und Martyn wird nur flüchtig bewusst, dass er gerade einen Stoßseufzer an Gott gerichtet hat. Das Boot ist alt und und der Motor im Winter nicht besonders zuverlässig. Endlich – der Motor heult auf und beginnt dann zufrieden zu tuckern. Mit Höchstgeschwindigkeit jagt Martyn das Boot aufs Meer hinaus. Er holt das Letzte aus dem Motor heraus. Es ist ein verzweifeltes Wettrennen gegen die Zeit. Wenn das Schiff der Fremden da draußen auf die Felsen läuft und zerschellt oder zumindest leck schlägt! Wie lange können sie in dem eisigen Wasser überleben? Endlich kommt die Felsengruppe in Sicht. Die tückischen Spitzen ragen inzwischen ein Stück aus dem Wasser. Martyn verlangsamt die Fahrt und sucht das Meer mit seinem Fernglas ab. Da – dort drüben, das sind Bootstrümmer! Martyn wird eisig kalt. Verzweifelt hält er Ausschau nach Überlebenden.

Endlich entdeckt er einen Schwimmer im Wasser, der sich anscheinend mit letzter Kraft an einem Felsen festklammert und gegen die Wellen kämpft.

Entschlossen hält Martyn auf ihn zu. Da hat ihn auch der Mann im Wasser bemerkt. Er winkt, schüttelt den Kopf und deutet in höchster Aufregung in eine bestimmte Richtung! „Retten Sie meinen Sohn! Bitte! Meinen Sohn!"

Nun entdeckt Martyn einen Rettungsring im Wasser zwischen den Felsen. Ein Kind hängt –

anscheinend leblos – darin. „Gott! Lass es nicht zu spät sein für den Jungen!", schreit Martyn. Sein zweites Gebet an diesem Tag.

Vorsichtig steuert er das Boot zwischen die tückischen Felsen. Nach mehreren vergeblichen Versuchen gelingt es ihm, die Leine des Rettungsrings zu fassen und den Jungen an Bord hinaufzuziehen. Mit fliegender Hast bemüht er sich um das Kind. Und endlich – der Junge atmet. Er hustet. Schlägt die Augen auf. „Gott sei Dank!", seufzt Martyn aus tiefstem Herzen. Schnell flößt er dem Jungen etwas von dem bitteren Kräuter-Trank ein, den ihm einst ein Fischer gegeben hat. Ganz langsam kehrt wieder etwas Farbe in das Gesicht des Jungen zurück.

Martyn wendet vorsichtig das Boot und fährt zurück zu dem Vater des Jungen und wirft ihm den Rettungsring zu. Dankbar lässt der Mann die Felsspitze los, an die er sich mit letzter Kraft geklammert hatte. Martyn zieht ihn hinüber zum Boot.

Als er den Mann in seiner schweren nassen Kleidung endlich geborgen hat, ist Martyn selbst am Ende seiner Kräfte. Die Gischt spritzt auf, als Martyn das Boot nun mit hoher Geschwindigkeit zur Insel zurücksteuert. Der Schiffbrüchige kümmert sich inzwischen um seinen Sohn. Martyn versteht nur einzelne Satzfetzen, denn die Stimme des Jungen ist klein und schwach. „ ... nicht Weihnachten ... vergeblich warten ... keiner ... ihnen sagen ...“

❊

Endlich ist das rettende Ufer der Insel erreicht. Martyn springt hinaus auf den Anleger, macht das Boot fest. Dann hilft er dem Fremden und dem Jungen hinaus. Triefend, zitternd, vor Schwäche wankend und von Martyn gestützt wandern die Schiffbrüchigen zum Vogelwärterhaus hinauf.

Martyn ist froh. Das Holz im Kamin glüht noch und ihnen schlägt wohlige Wärme entgegen. Er nimmt seinen Gästen die nassen Sachen ab. Gemeinsam hüllen sie den Jungen in mehrere warme Decken und betten ihn auf dem Sofa. Das Kind schläft erschöpft ein.

Der Fremde nimmt dankbar eine der dicken Decken. Martyn bereitet heißen Tee und tut einen tüchtigen Schuss vom Kräutertrank des alten Fischers hinein. Dann sitzen die beiden Männer vor dem Kamin und schauen in die Flammen. Zufrieden sieht Martyn, dass langsam Farbe in das blasse Gesicht seines Gegenübers kommt und dass der Mann aufhört zu zittern.

„Wir hatten noch gar keine Gelegenheit, uns vorzustellen“, beginnt der Fremde. „Frederick Fischer und mein Sohn Peter. Von ganzem Herzen möchten wir Ihnen für unsere Rettung danken, Herr ..."

„Palmer, Martyn Palmer." Martyn winkt ab. „Zum Glück war ich gerade im richtigen Moment draußen am Strand und entdeckte Ihr Boot."

„Glück?", fragt Fischer. „Glück war das nicht. Auch kein Zufall. Bewahrung! Bewahrung Gottes!"

Martyn nickt nach kurzem Zögern. „Ich habe gebetet um Ihr Leben und das des Jungen", entfährt es ihm wider Willen. „Aber sagen Sie", wechselt er schnell das Thema, „was taten Sie dort draußen? Wo kommen Sie her nach dieser Sturmnacht?"

„Wir waren vom Festland unterwegs zu den Inseln."

„Um diese Jahreszeit und bei diesem Wetter?", unterbricht Martyn ihn fassungslos. „Hatten Sie die Sturmwarnung nicht gehört?"

„Nein", erwidert Herr Fischer. „Der Himmel sah friedlich aus und wir ahnten nichts Böses. Aber gegen Abend erwischte uns das Unwetter mit aller Macht. Ohne Antrieb und Steuerung trieben wir auf dem offenen Meer. Gott sei Dank, dass unser Schiff im Sturm nicht gekentert ist."

„Sie sind weit vom Kurs abgekommen. Was wollten Sie denn auf den Inseln? Und warum haben Sie Ihren Sohn mitgenommen?"

„Peter hatte so sehr darum gebetet! – Sie wissen

vielleicht, dass einige der Inseln vor einigen Wochen von einer schweren Sturmflut heimgesucht wurden?" Martyn nickt. „Die wenigen Inselbewohner hatten schwere Verluste zu beklagen. Mehrere Tote, Zerstörung, Krankheit. Sie brauchen so dringend jemanden, der sie tröstet, der ihnen an den Weihnachtsfeiertagen das gute Wort Gottes bringt. Sie baten so sehr um einen Besuch, um neue Hoffnung zu fassen. Sollte ich sie allein lassen?"

Martyn erwidert nichts darauf. Fischer sieht zur Uhr über dem Kamin hinauf. „Vielleicht könnte man es noch schaffen", meint er leise. „Wie weit ist es von hier zu den Inseln?"

„Sie sind unterkühlt und entkräftet", widerspricht Martyn heftig. „Von dem Jungen ganz zu schweigen! Wollen Sie sich umbringen?"

„Mir geht es gut", kommt da eine leise Stimme aus Richtung des Sofas.

„Bitte, Herr Palmer", sagt Fischer und seine Stimme klingt flehend. „Für die Leute dort, die alles verloren haben, ist es so wichtig!"

„Warten Sie ein paar Tage!"

„Verstehen Sie doch! Für Sie und mich ist es nicht entscheidend. Aber für diese Trauernden ist es ein Symbol der Hoffnung; das Kind in der Krippe. Der Sohn Gottes, der Immanuel ‚Gott mit uns', der in unsere Nacht kam, um uns zu retten."

Martyns Gesicht ist finster. Doch die Worte des Fremden rühren etwas in seinem Herzen an. „Legen Sie sich hin! Schlafen Sie zwei Stunden", brummt er. „Wir brechen am frühen Nachmittag auf. – Wenn das Wetter beständig bleibt!"

„Vielen Dank, Herr Palmer!"

„Nennen Sie mich Martyn."

Gut drei Stunden später haben Martyn und seine Gäste die schützende Insel verlassen und fahren aufs offene Meer hinaus. Martyn steht am Steuer. Vater Fischer und er haben ungefähr die gleiche Statur. Aber Martyn muss lächeln, wenn sein Blick auf Fischers Sohn Peter fällt. Er hat Peter seine engste Hose geliehen, die dieser fünf- oder sechsmal umgeschlagen und um den Bauch mit einem Gürtel festgebunden hat. Um seine Schultern schlottert ein dicker Pullover. Doch das scheint Peter nicht zu stören. Sein Gesicht strahlt voller Vorfreude.

Das Meer hat sich beruhigt. Ab und zu blinzelt eine blasse Sonne durch die Wolken.

Früh bricht die Dämmerung an, als die erste der winzigen Inseln in Sicht kommt. Martyn ist hier schon ein- oder zweimal gewesen und steuert den Hafen der Hauptinsel an. Hier gibt es ein Dorf mit vier Gehöften, siebzehn Häusern, zwei Werkstätten, einer Gaststube und einer kleinen halb verfallenen Kirche. Überall sind die Schäden der Sturmflut noch deutlich zu sehen.

Die wenigen Inselbewohner und einige Gäste von zwei anderen bewohnten Inseln in der Nähe haben sich in der von vielen Kerzen erhellten Gaststube versammelt. Sie empfangen Herrn Fischer und seine Begleiter mit stiller Freude.

Martyn verzieht sich in die hinterste Ecke des Raumes. „Gut gemacht, Martyn!", denkt er ironisch. „Da wolltest du einmal deine Ruhe haben und gerätst mitten hinein in eine fromme Weihnachtsversammlung." Doch die Ereignisse des Tages und der stille Glaubensmut seiner Gäste, die, kaum dem Tod entronnen, hier stehen, um den Insulanern zu helfen, hat etwas in Martyns Herzen in Bewegung gebracht.

Herr Fischer beginnt mit einem Gebet. Dann schlägt er die Bibel auf und liest einen Abschnitt aus dem Lukasevangelium vor.

„Liebe Freunde!", sagt Herr Fischer. „Ihr habt Schweres erlebt! Trauer, Verlust, Zerstörung waren eure Begleiter während der letzten Tage und Wochen. Manch einer ist verzweifelt und denkt, es wird nie mehr hell in seinem Leben. Genauso dachten vielleicht auch viele damals in Israel. Es war eine dunkle Zeit, die Römer herrschten als Besatzungsmacht im Land und die Propheten

Gottes schwiegen seit Jahrhunderten! Hatte Gott sein Volk vergessen?

In dieser Nacht, an die wir uns heute erinnern, gab Gott seinem Volk eine mächtige Hoffnung. Er sandte seinen Sohn, Jesus Christus. Er wurde als kleines Kind in eine Handwerkerfamilie geboren. Seine Eltern waren so arm, dass sie nicht einmal ein Bettchen für ihn hatten. Jesus kennt eure Armut und Not!

Aber bei den Hirten draußen auf den Feldern von Bethlehem wurde es plötzlich hell. Engel verkündeten ihnen: ‚Euch ist heute ein Erretter geboren, welcher ist Christus, der Herr!'

Seitdem, liebe Freunde, ist es nie mehr ganz dunkel geworden auf der Erde. Jesus ist unsere Hoffnung! Wer vertrauensvoll zu ihm kommt, ihn als Retter annimmt und an ihn glaubt, ist nie mehr allein in diesem Leben und für alle Ewigkeit in Sicherheit."

Noch lange sitzen Martyn und die Fischers an diesem Abend mit den Insulanern zusammen, bevor sie ihre Zimmer aufsuchen.

Martyn folgt den Gesprächen schweigend, doch ein heller Glanz liegt auf seinem Gesicht. Sein Widerstand ist zerbrochen. Zum ersten Mal im Leben hat er den Kern der biblischen Botschaft verstanden: Gott sandte seinen Sohn, um uns zu retten!

Wenn Stürme um dich toben

Markus 6,50

Wenn Stürme um dich toben, erbarmungslos und schwer,
wenn sie den Atem nehmen, die Sicht noch umso mehr.
wenn du siehst gar kein Ufer, nicht mal den Horizont,
da sind nur Wolken, Nebel — wie eine graue Front.

Wenn du dich fühlst alleine, weil niemand dich versteht,
dir schwindet Kraft zu tragen, weil keiner mit dir geht.
Es türmen sich die Sorgen wie Wellen auf so hoch
und du fragst dich verzweifelt: Wer kann mir helfen noch?

„Sei guten Mut´s, ich bin es! Drum fürchtet euch doch nicht!" —
so sprach im Sturm einst Jesus. Er hält, was er verspricht.
Er kann dich ganz verstehen. Er fühlt die Not mit dir.
Es ist, als würd´ er sagen: „Mein Kind, vertraue mir!"

Er ist im Sturm längst bei dir. Er schaut nicht einfach zu.
Er will dir Frieden geben. Bei ihm kommst du zur Ruh.
Er hat die Macht zum Helfen zu seiner guten Zeit.
Er bringt dich sicher durch den Sturm bis in die Ewigkeit.

Besuch in der Winternacht

Als aber die Güte und die Menschenliebe unseres Heiland-Gottes erschien, errettete er uns, nicht aus Werken, die, in Gerechtigkeit vollbracht, wir getan hatten, sondern nach seiner Barmherzigkeit.

Titus 3,4-5

*D*ie Dämmerung brach früh herein an jenem Nachmittag im beginnenden Winter. Dunkle Wolken jagten über den Himmel und einzelne Schneeflocken stoben durch die Luft. Der Wind frischte noch mehr auf. Dann begann es zu schneien, zuerst in kleinen eiligen Flocken, die immer dichter wurden, bis ein heftiges Schneetreiben die ganze Gegend in dichtes Weiß hüllte. Keine hundert, ja nicht einmal fünfzehn Meter weit war mehr zu sehen. Eine dicke Wolke aus fallendem Schnee hatte den Wald, die Hügel und die nahe Residenzstadt mit ihren Lichtern im Tal völlig verschluckt.

Frau Hansen schaute aus dem Fenster ihrer niedrigen Kate, die ganz einsam vor dem Dorf lag. „Ein schlimmes Wetter", sagte Burgmüller, der Fuhrmann, welcher Frau Hansen gerade eine kleine Fuhre Kohlen für den eisernen Ofen in der Küche brachte. „Ist dein Bub, der Johannes, noch unterwegs?" „Nein, er übernachtet bei meiner Schwägerin", erwiderte Frau Hansen. Burgmüller nickte. „Das ist klug von ihm. Bei diesem Wetter sollte man nicht draußen sein." Der Fuhrmann verabschiedete sich.

✻

Frau Hansen war hinübergegangen in die Stube, deren Sprossenfensterchen ebenfalls auf den Weg hinaussahen. Sie zog sich den Schaukelstuhl heran, legte die Bibel auf den niedrigen Tisch am Fenster, entzündete die Lampe und begann zu lesen: *„Es geschah aber in jenen Tagen, dass eine Verordnung vom Kaiser Augustus ausging, den ganzen Erdkreis einzuschreiben. Die Einschreibung selbst geschah als erste, als Kyrenius Statthalter von Syrien war. Und alle gingen hin, um sich einschreiben zu lassen, jeder in seine Stadt. Es ging aber auch Joseph von Galiläa aus der Stadt Nazareth hinauf nach Judäa in die Stadt Davids, die Bethlehem heißt, weil er aus dem Haus und der Familie Davids war, um sich einschreiben zu lassen mit Maria, seiner verlobten Frau, die schwanger war. Es geschah aber, als sie* dort waren, dass die Tage erfüllt wurden, dass sie gebären sollte; und sie gebar ihren erstgeborenen Sohn und wickelte ihn in Windeln und legte ihn in eine Krippe, weil in der Herberge kein Raum für sie war" (Lukas 2, 1-7).

Frau Hansen lehnte sich zurück und dachte über das Gelesene nach. Inzwischen war es draußen dunkel geworden. Nicht sehr dunkel allerdings, denn die dicke Schneeschicht auf Weg, Wiesen und Dorf erhellte die Nacht. Es war klirrend kalt geworden, Eisblumen wuchsen an den Fenstern. Ein einzelner Stern stand am Himmel.

Da war es, das Geräusch, das Frau Hansen geweckt hatte – ein zaghaftes Klopfen an der Haustür, das – zögernd, lauter wurde. „Wenn du allein bist, öffne in der Nacht nicht die Tür", hatte ihr Anders, ihr verstorbener Mann, immer eingeschärft. „Du bist ganz allein hier draußen."

Wieder ein Klopfen an der Tür, dringender als zuvor. Ihr Blick fiel auf das aufgeschlagene Buch auf ihrem Schoß. „...weil in der Herberge kein Raum für sie war ..."

„Nein, lieber Anders Hansen", sagte sie entschlossen, so, als ob ihr Mann vor ihr stände, „ich bin ja nicht allein hier draußen, Gott ist bei mir, und wenn jemand Hilfe oder Herberge von mir wünscht, soll er sie erhalten."

Frau Hansen ging hinaus durch die Diele in den Windfang. Schon hier schlug ihr Eiseskälte entgegen. Vorsichtig öffnete sie die Haustür einen Spalt weit.

Auf ihrer Schwelle standen zwei gebeugte Gestalten, zwei offenbar noch junge Frauen, die eine war eng in einen viel zu dünnen Mantel gehüllt; sie wurde von ihrer etwas größeren und kräftigeren Begleiterin gestützt. Beide Frauen konnten sich kaum noch aufrecht halten.

Bei diesem Anblick öffnete Frau Hansen weit ihre Tür und ihr Herz und zog die beiden Frauen in die warme Wohnstube, wo das Feuer im Kamin noch hell loderte.

„Wir – als der Schneesturm begann, haben wir uns verlaufen", erklärte die größere der beiden jungen Frauen, während ihre zartere Freundin matt in die Sofaecke gesunken war und heftig zu zittern begann. Doch auch sie sah dankbar zu Frau Hansen auf. Diese blickte mitleidig in das geisterhaft blasse zarte Gesicht.

„Arme Kinder, in dieser Eiseskälte draußen", murmelte sie. „Ich werde ein Bad vorbereiten und einen guten heißen Tee." Fürsorglich legte sie eine warme Decke um die zitternde, dünne Gestalt.

„Sie machen sich so viel Mühe um uns", flüsterte die junge Frau.

Frau Hansen schüttelte nur lächelnd den Kopf und eilte in die Küche, um den Herd zu heizen. Danach ging sie in die Gästestube, um dort das Feuer im Kamin zu entzünden und die Betten aufzudecken. Sie waren immer frisch bezogen, wenn Johannes oder einer seiner beiden Brüder bei ihr einkehren wollten.

Eine Stunde später lagen die beiden jungen Frauen nach einem heißen Bad, einem guten nahrhaften Abendessen und einem kräftigem Kräutertee, bis zu den Nasenspitzen zugedeckt in den Betten.

„Gott lohn es Ihnen", flüsterte die junge Frau.

„Das tut er immer", erwiderte Frau Hansen resolut. Lächelnd strich sie die Bettdecke über den Betten glatt. „Schlafen Sie wohl, Kind, und Sie auch", wandte sie sich an die Begleiterin. Die beiden Frauen nickten dankbar.

Zufrieden kehrte Frau Hansen ins Wohnzimmer zurück. Ihr Tee war inzwischen längst kalt geworden. Sie strich liebevoll über die aufgeschlagene Seite der Bibel. „Du, Herr, hast damals keine Herberge gefunden, damals in jener Nacht vor vielen hundert Jahren. Aber diese beiden frierenden Menschenkinder, die habe ich heute aufgenommen! Weil du es so willst!" Zufrieden löschte sie die Lampe und suchte ihre Kammer auf.

Am nächsten Morgen war Frau Hansen schon früh aufgestanden und bereitete ein Frühstück für ihre beiden jungen Besucherinnen, die besonders dem guten starken Kaffee dankbar zusprachen. Draußen ging eine eisige kleine Sonne über dem Wald auf, als sie Hufgetrappel vor dem Haus hörten, dann ein kräftiges Klopfen an der Haustür. Fuhrmann Burgmüller und seine Frau waren gekommen, um sich zu erkundigen, ob die alte Frau Hansen die eisige Sturmnacht gut überstanden habe. „Aber ja", erwiderte diese und brachte die braven Fuhrmannsleute in die Küche. „Ich habe zwei Gäste im Haus. Lieber Herr Burgmüller, ob Sie den jungen Frauen wohl Ihr Fuhrwerk zur Verfügung stellen?" Der Fuhrmann nickte. Die kleinere der beiden Frauen hatte sich erhoben. „Könnten Sie uns wohl bis zur Stadt fahren?"

„Freilich", mischte sich da Frau Burgmüller eifrig ein. „Wir haben ohnehin eine Fuhre dort zu erledigen."

✳

Herzlich verabschiedeten sich die beiden jungen Frauen. Die kleine zarte sah lange in Frau Hansens Gesicht. „Sie können sich nicht vorstellen, wie unendlich tröstlich es war, als wir gestern Abend das Licht in Ihrem Fenster sahen. Ich hatte solche

Angst und war sicher, dass wir erfrieren müssten in dieser eisigen Winternacht."

Frau Hansen nahm schnell die kleine schmale Hand in ihre kräftige Rechte. „Das hat Gott verhütet, mein Kind!"

„Ja!"

Frau Hansen stand und winkte dem Wagen nach, der über die verschneite Dorfstraße davonrollte. Dann ging sie eifrig ihrer Hausarbeit nach.

✻

Einige Tage waren vergangen. Um die Mittagszeit hielt eine vornehme Kutsche vor Frau Hansens kleiner Kate. Ein Diener in Livree klopfte höflich. Frau Hansen öffnete verwundert. Der Diener verneigte sich tief und überreichte ein versiegeltes Schreiben. „Ihre Durchlaucht, der Fürst von L., sendet Ihnen seine herzlichsten Grüße", schnarrte er. Verdutzt nahm Frau Hansen das Päckchen entgegen.

✻

Die Kutsche war davongefahren. Frau Hansen öffnete das Päckchen. Eine Rolle mit Geldstücken fiel ihr entgegen und ein Schreiben.

Sehr geehrte Frau Hansen,

es grüßt Sie in Ergebenheit ein glücklicher Vater, dessen einzige Tochter nebst Begleiterin Sie durch Ihre Gastfreundschaft vor dem Tode bewahrt haben. Die Damen hatten sich auf einem Ausflug kurz von uns entfernt und bei einsetzendem Schneegestöber im Wald verirrt. Unsere Suche war die ganze Nacht erfolglos gewesen.

In aufrichtigster, größter Freude, Erleichterung und Dankbarkeit.

Ihr Ludwig von Liebenstein

Frau Hansen legte den Kopf in den Nacken und lachte glücklich. „So haben wir ein Fürstenkind vor dem Erfrieren gerettet, Herr." Lächelnd wog sie die Geldrolle in ihrer Hand. „Und wie vielen armen Schelmen werde ich mit diesem Geld noch helfen können! Was für eine schöne Geschichte in dieser Winternacht!"

Gott nahe sein

Fällt dir das Leben spürbar schwer,
die Sorgen werden immer mehr?
Du fühlst dich schwach und ohne Mut,
weil man dir auch noch Unrecht tut.
Klar, dass du fragst mit schroffem Ton:
„Gott nahe sein, was bringt das schon?"

Doch Jesus starb am Kreuz für dich,
die Sünden nahm er dort auf sich.
Siehst du, dass er dich wirklich liebt
und dir so gern die Schuld vergibt?
Vertraue ihm dein Leben an.
Gott nahe sein, ist für dich dran!

Wer Jesus kennt, der hat ein Ziel,
das er nie mehr verlieren will.
Die Bibel zeigt dir Gottes Plan.
Jetzt fängt das Leben richtig an.
Niemals nimmt Gott sein Wort zurück.
Gott nahe sein, das ist ein Glück!

An jedem Tag ist Gott dir nah.
Er liebt dich und ist für dich da.
Sag ihm doch alles, was du hast.
Er trägt mit dir die ganze Last.
So lernst du täglich Stück für Stück:
Gott nahe sein, das ist mein Glück!

Der erste
Winter in
Jamestown

Nach einigen klirrend kalten Tagen hat Tauwetter eingesetzt. Brent Morrisey stapft, die schwere Schlagbüchse und den Jagdsack über der Schulter, die schlammige Straße entlang zu seinem Haus, wobei eigentlich weder die Straße noch das Haus ihre stolzen Bezeichnungen verdienen. Die „Straße" ist ein festgetretener Pfad und das „Haus" besteht aus roh gezimmerten Baumstämmen, das Dach aus Gras, der einfache Kamin aus Holz. Eine brandgefährliche Mischung! Seinem Nachbarn ist in der vorigen Woche das Dach abgefackelt. Aber Steine als Baumaterial sind rar. Das alles geht Brent durch den Kopf, während er sich der Hütte nähert, die für ihn und seinen Bruder Martin das Zuhause bilden, seit sie vor fast einem Jahr hierher kamen. Brent kann sich noch genau erinnern ...

✳

Es war an einem wunderschönen Maitag des Jahres 1607, als drei englische Schiffe in die Chesapeake Bay einliefen. Brent und Martin standen zusammen mit den anderen an der Reling und konnten es nicht erwarten, das neue Land zu sehen. 104 Männer, die aus den unterschiedlichsten Gründen England verlassen hatten, und von der Virginia Company die „königliche" Erlaubnis zum Siedeln in der Neuen Welt besaßen, eine Truppe von Abenteurern. Auch Brent und Martin hatten aus Abenteuerlust die alte Heimat verlassen, Brent nach einer schweren Enttäuschung mit Zorn im Herzen, und Martin, weil ihm das Fernweh im Blut lag.

Die drei Schiffe fuhren langsam den breiten Strom hinauf, dessen Ufer von dichtem Wald und üppigen Wiesen bestanden waren.

„Was für ein schönes Land!", sagte Brent leise.

Etwa 80 Kilometer flussaufwärts entdeckten sie eine flache Halbinsel, die sich gut verteidigen ließ und sich deshalb als Siedlungsort zu eignen schien. Die Männer begannen sofort mit dem Bau eines Forts, während die Indianer in den Wäldern die Neuankömmlinge, die sich, ohne um Erlaubnis zu fragen, in ihrem Land breit machten, aufmerksam beobachteten.

Es kam zu einem Indianerüberfall, noch ehe das Fort fertig gestellt wurde. Mit Windeseile bauten die Kolonisten weiter. Endlich war das Fort fertig.

Brent denkt mit Schaudern an die Monate der Schufterei in der entsetzlichen Hitze, während Moskitoschwärme in dem brackigen Wasser der Halbinsel brüteten. Krankheit, Leiden, Strapazen kennzeichneten diesen ersten Sommer in der Siedlung, die den stolzen Namen „Jamestown" erhalten hatte. Und längst nicht alle der neuen Siedler brachten die Fähigkeiten oder die Bereitschaft mit, in der Wildnis eine Stadt zu bauen und Ackerland zu roden, Felder zu bestellen. Auch die Morriseys waren keine Bauern. Doch sie lernten schnell ...

✳

Martin Morrisey tritt aus dem Haus. „Warum kommst du nicht herein?", unterbricht er die Gedanken seines Bruders.

Brent verzieht ein wenig verlegen das Gesicht. Es hat ja keinen Zweck, zurückzusehen. Sie sind hier. Hier in der Einöde. Und ob sie hier jemals eine richtige Heimat finden, weiß allein Gott.

„Hast du etwas gefangen?"

„Ja!" Brent lässt den schweren Sack von der Schulter gleiten. „Ein Rebhuhn und einen kräftigen Hasen!"

„Wunderbar!"

So ist die Fleischversorgung für die nächste Woche gesichert", sagt Brent zufrieden.

„Eigentlich hatte ich mir das anders gedacht."

Brent hängt seine Büchse an den Haken an der Wand. Er setzt sich auf die Holzbank neben dem Kamin und zieht seine schweren, nassen Stiefel aus. Über dem offenen Kaminfeuer mitten im Raum hängt ein Steinkessel mit Tee. Martin gießt für seinen Bruder etwas von dem heißen duftenden Gebräu in einen Holzbecher. Brent trinkt in kleinen Schlucken.

„Morgen ist der 24. Dezember, der erste Weihnachtsabend in der Fremde", erklärt Martin.

Brent verzieht verwundert das Gesicht. „Und?"

„Ich möchte diesen Tag feiern. Lass uns Jim Baker und seinen Sohn einladen und ein Festessen kochen. Wenn du es erlaubst."

„Wenn du meinst." Einen Moment herrscht Schweigen zwischen den Brüdern. Brent sieht Martin aufmerksam an. Sein kleiner Bruder hat Heimweh! „Bist du mit deiner Arbeit gut voran gekommen?", fragt er dann ablenkend.

Martin nickt. „Der neue Hühnerstall ist fast fertig." Martin Morrisey ist einer der geschicktesten Handwerker in der Siedlung, weshalb er oft von den anderen um Rat gefragt wird.

✳

Plötzlich hört man lautes Stimmengewirr von draußen. „Smith und seine Leute sind zurück!", so geht es wie ein Lauffeuer durch Jamestown. Auch Martin zieht schnell seine dicke fellgefütterte Jacke an und eilt nach draußen, während Brent müde zurückbleibt.

Auf dem freien Platz in der Mitte des Forts hat sich eine Menschentraube gebildet. Fast alle Siedler sind gekommen. John Smith, der Kommandant und Leiter des Forts, und seine Begleiter breiten die Kisten und Säcke aus, die sie mitgebracht haben.

„Wie ist es euch ergangen?", fragt Jim Baker.

Ein Grinsen überzieht Smith's Gesicht, das von einem flammend roten Bart umgeben ist. „Gut, gut. Es gab diesmal keine Zwischenfälle."

„Gott sei Dank!", sagt Jim.

Smith zieht irritiert die Augenbrauen hoch. „Wir fuhren mit unseren Kanus den Fluss hinauf, Töpfe, Geschirr, Stoffe, Glasperlen und vieles andere für die Indianer an Bord", berichtet er. „Die Verständigung war wieder schwierig. Doch die

Indianer verstanden dann doch, dass wir Lebens-mittel eintauschen wollten. Und hier sind sie: Wurzeln, Mais, getrocknetes Fleisch, Heilkräuter und vieles mehr."

Martin kauft von den gebackenen Maisfladen. Dann hilft er mit, die Vorräte im Lagerraum des Forts zu verstauen.

✳

Der Abend des 24. Dezember bricht an. Martin ist den ganzen Nachmittag in der „Küche" gewesen, seinem Arbeitsplatz an dem offenen Kamin. Er hat das Rebhuhn zubereitet, dazu gibt es Maisfla-den, einen Pfannkuchen aus Maismehl und Eiern, und für jeden einen Becher Tee.

Jim Baker und sein Sohn George kommen, als schon tiefe Dunkelheit über dem Fort liegt.

Martin hat die schrecklich qualmende Lam-pe, deren Docht aus einem ölgetränkter Stängel getrockneten Schilfs besteht, an diesem Abend durch zwei echte Wachskerzen ersetzt, die auf dem blanken Holztisch stehen. Als Sitzgelegen-heit dienen zwei Bänke, ein seltener Luxus im Fort Jamestown. Die meisten der Siedler nehmen ihre Mahlzeiten im Stehen oder im Sitzen auf dem Holzboden ein, der allenfalls mit Matten oder Bin-sen ausgelegt ist.

Martin trägt das Festmahl auf Holztellern auf. Als Besteck dienen Messer und Holzgabeln.

„Darf ich ein Gebet sprechen?", fragt Jim Baker.

Martin nickt erfreut.

„Vater im Himmel, wir danken dir von Herzen für diese Gaben, für diesen Tisch, den du für uns überreich gedeckt hast."

„Amen", sagt Bakers Sohn.

„Amen", sagt auch Martin.

„Amen", kommt es schließlich ganz leise von Brents Lippen.

„Du hast wunderbar gekocht, Martin", sagt Jim Baker anerkennend, nachdem er die Speisen probiert hat.

„Mein Bruder war dafür den ganzen Tag auf der Jagd."

Jim nickt. „Es ist nicht ungefährlich. Hast du Indianer gesehen?"

Brent schüttelt den Kopf. „Ich bin, so weit es ging, in der Nähe des Forts geblieben. Wir müssen die Indianer ja nicht provozieren."

„Da hast du Recht."

＊

Schließlich lehnt sich George Baker zurück. „Das Essen war wunderbar. Doch leider kann ich jetzt nichts mehr essen."

„Habt herzlichen Dank für die Einladung", sagt sein Vater zu den Morrisey-Brüdern. „Und frohe Weihnachten!"

Martin sieht auf einmal ganz traurig aus. Brent dagegen zuckt nur die Achseln. „Weihnachten? Was bedeutet das hier denn noch?"

„Kommt mit", sagt Jim Baker. „Ich möchte euch etwas zeigen."

Gespannt folgen ihm die Brüder und George in ihren dicken Jacken nach draußen. Jim führt sie hinaus zum Eingang des Forts. Der Wächter grüßt freundlich und öffnet ihnen das Tor.

„Entfernt euch nicht zu weit!"

„Keine Sorge", sagt Jim. „Wir gehen nur die wenigen Schritte bis zum Fluss hinunter."

※

Das Wasser des Flusses plätschert leise zu ihren Füßen. In der Ferne schreit ein Kauz, sonst ist die Nacht ganz still.

„Was willst du uns denn hier zeigen?", fragt Martin gespannt.

„Du schaust in die falsche Richtung. Schau hinauf zum Himmel."

Martin und die anderen gehorchen. Das Firmament ist bedeckt von unzähligen glitzernden Sternen.

„In einer Nacht wie dieser muss es gewesen sein, als damals die Fremden nach Bethlehem kamen. Ein Stern, heller als alle anderen hatte sie dorthin geführt. Warum haben diese Astronomen aus fremdem Land die weite Reise auf sich genommen? Ich denke, sie hatten eine tiefe Sehnsucht in ihrem Herzen, Sehnsucht nach einer wirklichen Heimat, ja, Sehnsucht nach Gott. Sie fanden das Kind Jesus in der Krippe."

Jim hält einen Moment inne.

„Und sie kehrten glücklich zurück, denn ihre Sehnsucht war erfüllt. Versteht ihr, in Jesus Christus ist uns Gott ganz nahe gekommen. Er teilte unsre Not, unsere Einsamkeit, unser schweres Leben. Und mehr als das. Der Herr Jesus hat uns eine Heimat, ein Zuhause bei Gott erworben. Seit Jesus auf dieser Erde lebte, starb und auferstand, muss niemand mehr einsam und verlassen und verloren leben. Wer an Jesus Christus glaubt, hat ein ewiges Zuhause bei Gott, und Jesus wohnt in seinem Herzen."

Jims Stimme wird ganz warm und er sieht unverwandt zum Sternenhimmel hinauf.

„Der Herr Jesus sieht uns auch hier, in dieser Einsamkeit. Er verspricht seine Nähe und seine Hilfe jedem, der an ihn glaubt. Auch hier in der Fremde. Es ist ganz egal, wo wir sind, unter welchen Umständen wir leben. Seit Jesus kam, müssen wir nie mehr allein sein, sondern haben eine Heimat im Herzen. Das bedeutet mir Weihnachten! Gott ist zu uns gekommen!"

Interessant

Die ersten Jahre etwa bis 1614 waren für die Siedler von Jamestown sehr hart und entbehrungsreich. Viele der Kolonisten starben an Hunger und Krankheiten. Erst mit den Jahren gelangte Jamestown zur Blüte und wurde schließlich sogar Sitz der englischen Kolonie Virginia.

John Smith, der Kommandant der Siedlung, erkannte nach der Ankunft in 1607 schnell, dass die Kolonisten nicht in der Lage waren, sich selbst zu versorgen. Deshalb organisierte er Kanufahrten den Fluss hinauf, um bei den Indianern Lebensmittel einzutauschen. Bei einer dieser Fahrten im Winter des Jahres 1607 geriet er in die Gefangenschaft der Algonkin-Indianer. Er selbst erzählt in seinen Büchern die romantische Geschichte von der 12-jährigen Häuptlingstochter Pocahontas, welche sich bei ihrem Vater für Smith's Leben einsetzte und ihn rettete. Pocahontas heiratete später den Kolonisten John Rolfe, der in der Geschichte von Jamestown eine wichtige Rolle spielte.

„Siehe, die Jungfrau wird schwanger sein
und einen Sohn gebären, und sie werden
seinen Namen Emmanuel nennen",
was übersetzt ist: Gott mit uns.

Matthäus 1,23

Der Findling

*D*as ganze Land duckte sich unter der tiefen Schneelast. Die Äste der Bäume hingen tief herab und ein eisiger Wind fegte über den Berg. Tief gebeugt, die zerschlissenen Mäntel frierend um die Schultern gezogen, stapften sie durch den Schnee. Die Verletzten hatten sie in die Mitte genommen. Über ihnen, zwischen den Felsen, war das Heulen hungriger Wölfe zu hören. Damgar, ein graubärtiger Hüne von kräftiger Gestalt, blieb einen Moment stehen, dehnte seinen schmerzenden Rücken und schaute hinauf zum Himmel, der mit schweren Schneewolken bedeckt war. Hellmuth, sein jüngerer Bruder, hielt seinen verletzten Arm in einer Schlinge dicht an den Körper gepresst und verzog das Gesicht vor Schmerzen. Doch mit der gesunden Hand deutete er auf eine Stelle im Schnee seitlich von ihnen.

„Spuren", murmelte Damgar überrascht. Er fuhr mit der Hand über sein Gesicht, die vor Kälte aufgesprungenen Lippen und überlegte einen Moment. „Wartet", sagte er zu den anderen und winkte Burkhardt, einem der jüngeren Männer, der gut Spuren zu lesen verstand. Burkhardt betrachtete die Abdrücke im Schnee und folgte ihnen einige Schritte. „Die Spur ist einen Tag alt, höchstens zwei. Sie führt in die Felsen hinauf."

„Zu den Wölfen?", unterbrach ihn Damgar überrascht.

„Die Abdrücke sind aber recht klein und flach", sagte Burkhard.

„Ein Kind allein in den Wäldern?", mischte sich Hellmuth heftig ein. „Das ist eine Falle! Bestimmt warten die Feinde, die verhassten Franken, dort oben auf uns!"

„Unsinn!", widersprach Burkhard sanft. „Dann sähen wir ihre Spuren! Außerdem, wenn dort eine Gruppe bewaffneter Männer wäre, hätten sich die Wölfe verzogen! Doch du kannst ihr Heulen deutlich hören. Wer immer dort oben ist, ob Freund oder Feind, wird früher oder später ihre Beute."

„Was geht es uns an?", fragte Hellmuth zornig. „Wir haben noch einen stundenlangen Marsch bis ins Dorf vor uns. Dann sind die Wölfe wenigstens von uns abgelenkt."

Damgar trat einen Schritt auf ihn zu. „Das ist nicht dein Ernst! Ein Kind, Bruder!"

Hellmuth senkte den Kopf und biss sich auf die Lippen. „Die elenden Schmerzen machen mich ganz fertig", murmelte er.

„Willst du mit den anderen Verletzten weiterziehen?", fragte Damgar sanft. Hellmuth kämpfte einen Moment mit sich.

„Ich komme mit euch", entschied er. „Eickhard

kann die anderen schützen und langsam weiter-
führen." Damgar nickte ihm zu. Er wählte sieben
von seinen unverletzten Sachsen aus.

Die Spuren waren in der beginnenden Dunkelheit
kaum noch zu erkennen, wurden flacher und
undeutlicher. Doch Burkhard führte sie sicher zu
den Felsen hinauf. Hier endete die Spur vor einer
Felswand, vermischte sich mit Abdrücken von
Wölfen im Schnee. Die Männer sahen sich an.

„Wer auch immer es war, die Tiere haben ihn
eingeholt", murmelte Hellmuth und sah hinauf
zum Himmel. Dabei gewahrte sein aufmerksamer
Blick plötzlich eine Bewegung. Er packte seinen
Bruder am Arm.

„Sieh nur!" Damgar schaute hinauf in die steile
Felswand. Nun sahen es auch die anderen. Ein
schmales blasses Jungengesicht blickte ihnen
aus einer Öffnung entgegen und verschwand
wieder. Offenbar lag dort eine Höhle im Fels, deren
schmaler Zugang sich so hoch befand, dass sie
bisher kein Wolf erreicht hatte.

Damgar legte die Hände wie einen Schalltrichter
an den Mund und rief: „Komm herunter! Wir tun
dir nichts! Wir wollen dir nur helfen!"

Für einen Moment rührte sich nichts. Doch
dann gehorchte der Junge und kletterte zu ihnen

herab, wobei er geschickt jede winzige Unebenheit im Fels benutzte und schließlich unversehrt, aber vor Kälte zitternd, vor ihnen stand. Er mochte vielleicht vierzehn oder fünfzehn Jahre alt sein.

Hellmuth und die anderen Männer musterten ihn misstrauisch. Seine Kleidung war fremdländisch und sein Teint war dunkler als die Hautfarbe der Menschen in ihrer Gegend. „Wo kommst du her?", fragte Hellmuth barsch. Mit einem ganz kleinen verschmitzten Lächeln deutete der Junge zu den Felsen hinauf.

„Das ist mir klar", grollte Hellmuth. „Du bist ein Franke!"

„Ja, aber ich bin nicht euer Feind!", sagte der Junge schnell mit fremder Aussprache. „Mein Vater, mein Bruder und ich sind als Freunde gekommen!"

„Als Freunde?", fragte Hellmuth ungläubig. „Wo sind deine Leute jetzt?"

„Das alles können wir später besprechen", unterbrach sie Damgar. „Wir haben noch einen weiten Weg. Kannst du laufen?"

Der Junge nickte.

„Hast du Hunger?" Er nickte erneut. Damgar zog etwas trockenen Proviant aus der Tasche. Der Junge faltete die Hände, schloss die Augen und biss glücklich in das Brot, das Damgar ihm gegeben hatte. Die Männer beobachteten ihn verwundert.

Dann begannen sie den Abstieg. Die Wölfe heulten in der Ferne. Der Junge blickte sich ängstlich um.

„Keine Sorge", beruhigte ihn Burkhard. „Wir sind bewaffnet. Sie werden sich nicht an uns herantrauen. – Wie heißt du eigentlich?"

„Laurent", erwiderte der Junge.

„Ich bin schon richtig neugierig auf deine Geschichte!", sagte Burkhard. Laurent schenkte ihm ein schüchternes Lächeln.

Sie folgten den Spuren der anderen, die sich im Schnee deutlich abzeichneten, und hatten die Gruppe mit den Verletzten schon bald erreicht.

Ein eisiger Mond stand hoch am Himmel, als sie erschöpft und am Ende ihrer Kräfte das heimische Dorf erreichten. Damgars Frau war noch wach. Sie bereitete ein Nachtmahl für die Männer und richtete rasch ein Schlaflager für Laurent her. Der Junge kuschelte sich zufrieden unter die dicken Felle und war sofort eingeschlafen.

Am nächsten Tag stand schon die Wintersonne am Himmel, als Laurent erwachte. Schnell stand er auf. Damgars Frau gab ihm einen Becher Milch. Sie musterte ihn aufmerksam aus kleinen grauen Augen. „Unsere Leute warten schon auf dich!", sagte sie nicht unfreundlich. Gemeinsam gingen sie in das größere Haus in der Mitte des Dorfes, das als Gemeinschaftshaus und Treffpunkt diente.

Als Damgar den Jungen erblickte, stand er auf und schob ihn in die Mitte des Raumes. Alle Augen richteten sich gespannt auf ihn.

„Erzähle, Laurent", forderte er ihn auf. „Woher kommst du? Was tust du hier? Wo hast du unsere Sprache so gut gelernt?"

„Das ist doch völlig offensichtlich", unterbrach ihn einer der alten Männer rau. „Das ist ein Spion der Franken, der mit dem fränkischen Heer Kaiser Karls gekommen ist, um uns auszuspähen! Alles wollen sie uns nehmen! Unsere Freiheit, unsere Kämpfer, unsere Götter!" Einige der anderen nickten beifällig.

„Sprich", ermutigte Damgar den Jungen freundlich.

„Ich rede nicht für das fränkische Heer", sagte Laurent. „Wir finden es nicht gut, dass die Franken Krieg mit euch führen! Mein Vater ist nicht gekommen, euch etwas wegzunehmen, sondern um euch etwas zu bringen! Das Kostbarste, was wir selbst besitzen. Darum haben wir auch eure Sprache gelernt!"

Die Sachsen schwiegen überrascht und ungläubig. „Was wollt ihr uns denn bringen?", fragte Damgar.

„Und wo ist dein Vater?", erkundigte sich Hellmuth.

„Es war im Schneesturm vor zwei Tagen", berichtete Laurent mit gesenktem Kopf. „Wir haben uns im dichten Schneetreiben verloren. Und dann kam eine Abteilung der Sachsen. Ich floh und brachte mich in Sicherheit. Aber dann witterten mich die Wölfe."

„Wie lange hast du in der Höhle zugebracht?", wollte Burkhard wissen. „Du kannst übrigens großartig klettern."

„Ich war einen ganzen Tag dort oben und ganz verzweifelt. Aber dann habe ich gebetet und ihr seid gekommen."

„Zu welchem Gott betest du denn?", fragte einer der Alten misstrauisch.

„Ich glaube an den großen Gott, der Himmel und Erde geschaffen und uns die Bibel gegeben hat!" „Du bist ein Christ?" Der alte Mann spie das Wort „Christ" förmlich aus. „Du gehörst zu den Franken, die uns mit Feuer und Schwert bekämpfen und zu ihrem Glauben bekehren wollen! Du bist unser Feind."

„Aber nein, hört mich doch an! Und seht mich an!" Der Junge lächelte traurig. „Ich habe doch nicht einmal eine Waffe! Nichts wollte mein Vater euch mit Gewalt bringen, das lehnen wir genauso ab wie ihr! Wir wollten euch die gute Nachricht sagen, dass Gott Liebe ist! Er selbst ist als Mensch zu uns gekommen! Wenn ihr einen anderen

Eindruck vom Gott der Christen bekommen habt, so sind Menschen schuld daran, aber nicht Gott."

Ein Raunen und Gemurmel erfüllte den Raum. Eine hitzige Diskussion entstand. Schließlich forderte Damgar seine Leute mit einer Handbewegung zum Schweigen auf.

„Die Männer müssen jetzt hinaus an die Arbeit im Wald. Wir treffen uns heute Abend wieder hier. Und dann mag Laurent berichten, was er uns zu sagen hat."

Man trennte sich. Laurent schaute sich um, wo er sich nützlich machen konnte. Er half Damgars Frau, die Tiere zu versorgen, später den Männern beim Zerkleinern und Aufschichten des Holzes. Für Ende Dezember war es nicht kalt. Laurent geriet sogar ein wenig ins Schwitzen.

Am frühen Abend war fast das ganze Dorf am Gemeinschaftshaus versammelt. Die Kinder schubsten einander und es herrschte bedrängende Enge. Darum trat Laurent aus dem Eingang des Hauses heraus. Die Leute sahen hinauf zum Himmel. Der Abend war sternenklar.

„Es kann ein Abend wie dieser gewesen sein, als Gott zu den Menschen kam", begann Laurent. Gespannte Stille kehrte ein. „In einem Land, weit im Südosten von hier, in einem kleinen Städtchen namens Bethlehem, war nach langer Reise ein junges Ehepaar eingekehrt. Sie stammten beide aus gutem Haus, ja sogar aus königlicher Familie, waren aber so verarmt, dass sie sich kein Reittier hatten leisten können. Und sie fanden in der überfüllten Stadt nur eine Unterkunft für Tiere. Dabei war die junge Frau Maria hochschwanger. Sie brachte einen Sohn zur Welt. Als Bettchen diente eine Futterkrippe. Ein kümmerlicher Lebensanfang für ein Baby. Doch die Eltern, Maria und Josef, wussten: Es war ein besonderes Kind, das Gott in ihre Obhut gegeben hatte, ein Kind, das von Gottes Heiligem Geist ins Leben gerufen wurde: Jesus, Gottes Sohn. Gott selbst hat ihn gesandt, um die Menschen zu retten. Gott will uns retten! Gibt es Rettung bei den Göttern der Germanen, die ihr verehrt?"

Niemand antwortete auf Laurents Frage. Darum fuhr er fort: „Auch die Hirten draußen vor der Stadt erfuhren von der Geburt des Gottessohns. Das waren Leute wie wir. Engel, Boten aus dem Himmel, brachten ihnen die frohe Nachricht, dass Gott selbst zu seinem Volk gekommen ist. Jesus, Gottes Sohn, starb stellvertretend für schuldige Menschen, damit jetzt jeder, der an ihn glaubt, gerettet werden kann!"

Stille herrschte und alle sahen hinauf in den samtblauen Abendhimmel, wo der Abendstern hell aufstrahlte. „Die Botschaft ist gut", brach Damgar schließlich das Schweigen. „Morgen wollen wir aufbrechen und deinen Vater und deinen Bruder suchen! Ihr könnt bei uns bleiben, mit uns leben und uns mehr von Gott und seinem Sohn erzählen!"

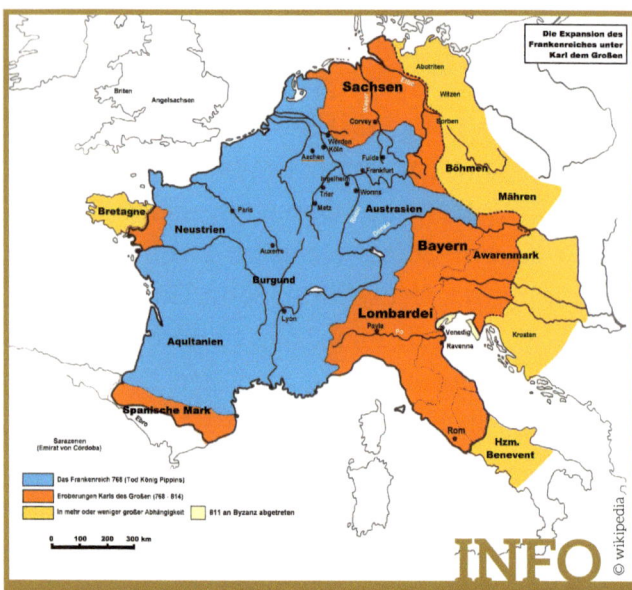

INFO

Von 772–804 herrschte Krieg zwischen dem Frankenreich und den Sachsen und endete mit der Niederlage der Sachsen, die im fränkischen Reich aufgingen. Im Jahr 800 wurde Karl der Große, der Frankenkönig, zum Kaiser gekrönt, nachdem er in den Jahren zuvor, teils durch Eroberungen, teils durch kluge Politik ein Reich gegründet hatte, das in seiner Glanzzeit von Nordspanien bis nach Südosteuropa, von Nordfrankreich bis an die Ostsee reichte. Die Beurteilung Karls des Großen ist bis heute zwiespältig. Die einen verehren ihn als klugen Regenten, der sich für Bildung und Kultur in seinem Reich einsetzte. Die anderen nennen ihn einen „Sachsenschlächter".

Denn so hat Gott die Welt geliebt, dass er seinen eingeborenen Sohn gab, damit jeder, der an ihn glaubt, nicht verloren gehe, sondern ewiges Leben habe.

Johannes 3,16

Der Herr segne dich

Der große Gott in seiner Macht
Er reicht dir gerne seine Hand
und ist dir freundlich zugewandt.
Er hilft und heilt, gibt auf dich acht.

Er segne und behüte dich,
bewahre, leite, tröste, trage,
begleite dich an jedem Tage.
In welcher Liebe sorgt er sich.

Er lässt so gern sein Angesicht
erstrahlen freundlich über dir.
Er schenkt dir Mut zum Leben hier.
Wie schön ist es in seinem Licht.

Der helle Stern –
Der Weg zur Rettung

*Jesus spricht zu ihm: Ich bin der Weg
und die Wahrheit und das Leben.
Niemand kommt zum Vater
als nur durch mich.*

Johannes 14,6

Jesus
Christus –
der Retter

*J*esus Christus ist der Sohn Gottes, der Mensch wurde, um uns von unseren Sünden zu erretten. Gottes Sicht auf unser Leben ist oft eine völlig andere als unsere. Er, unser Schöpfer, kennt uns bis ins Innerste. Er kennt unsere Sehnsüchte und unsere Bedürfnisse, aber er sieht auch die dunklen Flecken in unseren Herzen: schlechte Gedanken, Stolz und Neid sowie böse Worte und Taten, mit denen wir uns an Mitmenschen und vor Gott schuldig gemacht haben.

Viele Menschen meinen, sie könnten durch großzügige Geschenke oder soziales Engagement ihre Schuld vor Gott mindern. Aber das ist nicht möglich. Denn die Bibel stellt Gott als gerecht, heilig und unbestechlich vor. Gott kann und will mit dem Bösen nichts zu tun haben, sondern er muss es richten. Nach seinem Tod muss sich jeder Mensch einmal persönlich vor Gott verantworten. Wer dann mit seiner Schuld alleine dasteht, wird für ewig von Gott getrennt sein. Dieser Ort in der Gottesferne wird in der Bibel „Hölle" genannt.

Doch vor diesem dunklen Hintergrund strahlt eine Nachricht hervor, die nicht besser sein kann: *„Denn so hat Gott die Welt geliebt, dass er seinen eingeborenen Sohn gab, damit jeder, der an ihn glaubt, nicht verloren gehe, sondern ewiges Leben habe"* (Johannes 3,16).

Gott gab seinen Sohn. Und der Sohn Gottes wurde Mensch, lebte unter Menschen, wirkte zahlreiche Wunder, heilte Kranke, befreite Besessene, tat Blinden die Augen auf, machte Lahme gehend, erweckte Tote zum Leben, segnete Kinder, wirkte nur Gutes – und wurde doch belächelt, abgelehnt, gehasst, verraten, verleugnet, mit falschen Anklagen überhäuft, geschlagen, schuldlos verurteilt, angespien, ausgepeitscht, mit Dornen gekrönt, seiner Kleider beraubt, gekreuzigt, unter schrecklichen Qualen leidend am Kreuz verhöhnt und am schlimmsten für ihn – zuletzt von Gott in der Finsternis alleine gelassen. Was geschah in dieser Finsternis, die drei lange Stunden andauerte?

„Den, der Sünde nicht kannte, hat er (Gott) für uns zur Sünde gemacht, damit wir (die wir an Christus glauben) Gottes Gerechtigkeit würden in ihm" (2. Korinther 5,21).

Gott bestrafte den Herrn Jesus, der völlig sünd-
los war, für unsere Sünden, damit wir durch den
Glauben an ihn völlige Vergebung und ewiges Leben bekommen können.

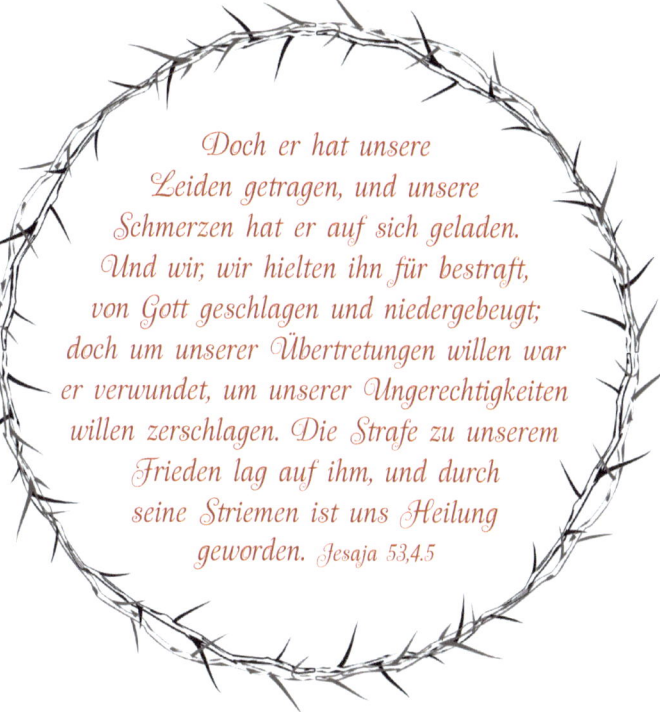

Doch er hat unsere
Leiden getragen, und unsere
Schmerzen hat er auf sich geladen.
Und wir, wir hielten ihn für bestraft,
von Gott geschlagen und niedergebeugt;
doch um unserer Übertretungen willen war
er verwundet, um unserer Ungerechtigkeiten
willen zerschlagen. Die Strafe zu unserem
Frieden lag auf ihm, und durch
seine Striemen ist uns Heilung
geworden. Jesaja 53,4.5

Ich würde so gerne dir sagen

Ich würde so gerne dir sagen,
wozu Jesus kam in die Welt.
In Bethlehems Krippe gelegen —
ganz nah zu uns Menschen gestellt.

Ich würde so gerne dir sagen,
wie sehr Jesus Christus dich liebt.
Er opferte für dich sein Leben.
Komm, glaub, dass Gott gern dir vergibt!

Ich würde so gerne dir sagen,
wie gut es mit Jesus du hast.
Bei ihm bist du täglich geborgen.
Er nimmt dir die Sorgen, die Last.

Ich würde so gerne dir sagen,
wie schön es im Himmel mal ist.
Wenn alle Erlösten dann singen
dem Lamm auf dem Thron: Jesus Christ.

Den *Retter* annehmen

Gott liebt Sie! Er will Ihnen ewiges Leben schenken und Sie für immer glücklich machen. Sie können zum Beispiel wie folgt oder mit ähnlichen Worten zu Gott beten, um Ihr Leben an Jesus Christus zu übergeben. Wichtig ist, dass Sie es ehrlich meinen.

„Herr Jesus, ich weiß, dass ich vor
Gott schuldig bin. Ich habe verstanden, dass ich
ein Sünder bin und mir selbst nicht helfen kann.
Ich brauche dich als meinen Retter.
Es tut mir sehr leid, dass ich ...

(Zählen Sie Ihre Verfehlungen auf, die Ihnen einfallen.)

Ich bitte dich um Vergebung meiner ganzen
Lebensschuld. Danke, dass du in die Welt
gekommen bist, um Sünder zu erretten.
Danke für deine große Liebe, die ich darin sehe,
dass du am Kreuz für mich so unsagbar gelitten
hast. Von jetzt an möchte ich mein Leben unter
deine Führung stellen und dir nachfolgen.
Amen."

Mit Jesus Christus leben

Ein Christ im Sinn der Bibel ist jemand, der weiß, dass seine Sünden um Jesu willen vergeben sind. Ebenso weiß er, dass Jesus lebt, weil der Sohn Gottes am dritten Tag nach seinem Sterben von den Toten auferstand.

Christen sind nicht von den Herausforderungen des Lebens ausgenommen. Sie erleben Freude und Leid, Misserfolge und Enttäuschungen, sie erliegen Versuchungen und benötigen Vergebung. Aber sie wissen sich in Gottes Nähe geborgen.

Durch das Lesen der Bibel, durch Gebet und die Gemeinschaft mit anderen Christen werden sie in ihrem Glauben innerlich gestärkt.

Und sie können in allen Situationen ihres Lebens daran festhalten, dass nichts und niemand sie von Gottes Liebe trennen kann.

Denn ich bin überzeugt, dass weder
Tod noch Leben, weder Engel noch
Fürstentümer, weder Gegenwärtiges
noch Zukünftiges noch Gewalten, weder
Höhe noch Tiefe noch irgendein anderes
Geschöpf uns zu scheiden vermögen wird
von der Liebe Gottes, die in Christus
Jesus ist, unserem Herrn.

Römer 8,38.39

Die ganze Bibel online lesen: **www.csv-bibel.de**

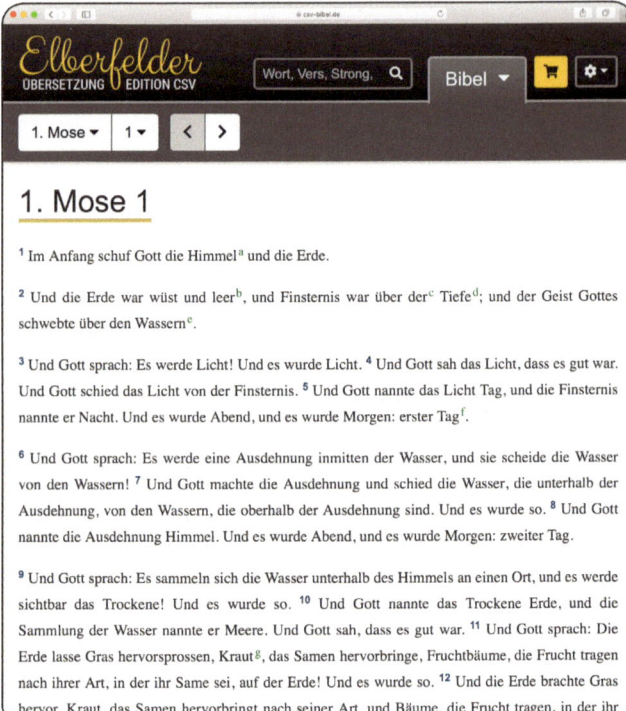

1. Mose 1

[1] Im Anfang schuf Gott die Himmel[a] und die Erde.

[2] Und die Erde war wüst und leer[b], und Finsternis war über der[c] Tiefe[d]; und der Geist Gottes schwebte über den Wassern[e].

[3] Und Gott sprach: Es werde Licht! Und es wurde Licht. [4] Und Gott sah das Licht, dass es gut war. Und Gott schied das Licht von der Finsternis. [5] Und Gott nannte das Licht Tag, und die Finsternis nannte er Nacht. Und es wurde Abend, und es wurde Morgen: erster Tag[f].

[6] Und Gott sprach: Es werde eine Ausdehnung inmitten der Wasser, und sie scheide die Wasser von den Wassern! [7] Und Gott machte die Ausdehnung und schied die Wasser, die unterhalb der Ausdehnung, von den Wassern, die oberhalb der Ausdehnung sind. Und es wurde so. [8] Und Gott nannte die Ausdehnung Himmel. Und es wurde Abend, und es wurde Morgen: zweiter Tag.

[9] Und Gott sprach: Es sammeln sich die Wasser unterhalb des Himmels an einen Ort, und es werde sichtbar das Trockene! Und es wurde so. [10] Und Gott nannte das Trockene Erde, und die Sammlung der Wasser nannte er Meere. Und Gott sah, dass es gut war. [11] Und Gott sprach: Die Erde lasse Gras hervorsprossen, Kraut[g], das Samen hervorbringe, Fruchtbäume, die Frucht tragen nach ihrer Art, in der ihr Same sei, auf der Erde! Und es wurde so. [12] Und die Erde brachte Gras hervor, Kraut, das Samen hervorbringt nach seiner Art, und Bäume, die Frucht tragen, in der ihr

■ Gut lesbar auch auf Tablet und Handy

In unserem Web-Shop finden Sie ein breites Sortiment christlicher Kalender, Bibelkommentare und Bücher für verschiedene Alters- und Zielgruppen.

www.csv-verlag.de

„Fröhliche Weihnacht´, auf Wiedersehn!",
Rolläden schließen, die Kunden schnell gehn.
Ein Junge dort steht mit blassem Gesicht.
Wo er heute bleibt, das weiß er noch nicht.

„Fröhliche Weihnacht`!" — „Ich fall nicht drauf rein!
Mir schenkt niemand was, mich lädt keiner ein."
Sein Vater ist fort, die Oma schon alt.
Die Straßen sind leer, der Wind furchtbar kalt.

„Gesegnete Weihnacht´!" — Gott sieht deine Not.
Er gab seinen Sohn am Kreuz in den Tod.
Das ist die Antwort, die Lösung für dich.
In Jesus Christus ruft Gott dich zu sich.

„Gesegnete Weihnacht´!" — Gott lädt dich ein!
Er will dir heute von Herzen verzeihn.
Vertrau dich ihm an, nimm ihn jetzt beim Wort.
Dann wirst du erfahrn: Er schickt dich nicht fort!